우리 세계의 모든 말

우리 세계의 모든 말

김이슬 · 하현 지음

둘의 언어로 쓴
독서 교환 편지

메
카르북스

이
슬

서문1.
건너편 옥상으로

고등학교 도덕 선생님은 우리들의 잠을 깨우려 수업 시간
마다 본인의 철없던 학창 시절 이야기를 줄곧 해 주셨는
데 그중 대부분은 잊었어도 지금까지 절대 잊히지 않는
에피소드가 하나 있다. 본드 흡입에 관한 것이다.

　그가 중학생이었을 때 아이들 사이에선 이상한 게 유행
했다. 바로, 본드 흡입.
　치열한 사춘기를 보내는 중인 아이들에겐 자극적인 것
이 필요했고 그것은 때때로 불법적인 것이었다. 문방구에
서 물건을 훔치거나 어른들 몰래 술을 먹거나 담배를 피
우는 일에 더는 흥미를 느끼지 못한 아이들 사이에서 암

암리에 본드 흡입이 이루어진 거였다.

그의 말을 빌리자면 단순 호기심에서였댔다. 엇나가고 싶은 마음이나 그들 무리 속에 끼고 싶은 심리보단 정말 단순한 호기심 때문이었다고. 그는 친한 친구 한 명과 함께 한 손에 돼지표 본드를 쥔 채로 본인이 살던 아파트 옥상으로 올라갔댔다. 그리고 구석에 앉아 나란히 흡입.

놀라움과 호기심이 뒤섞인 얼굴로 그래서 어땠냐고 묻는 우리에게 그는 이렇게 답했다.

"너무 멀쩡한 거야. 내가 방금 본드를 흡입한 게 맞나 싶을 정도로 멀쩡하더라고. 역시 별거 없구나, 하고 자리에서 일어섰는데 건너편 아파트 옥상이 보이는 거야. 그런데 순간 이런 마음이 들더라. 여기에서 점프하면 저기에 착지할 수 있겠는데?"

어딘가 귀엽고 조금은 무서운 이 이야기가 지금까지도 내 기억 속에서 잊히지 않는 건 감히 그가 느꼈던 그날의 기분을 나 역시 알 것 같은 순간들이 있기 때문이다.

현이와는 알고 지낸 지 육 년 정도 됐다. 알고 지낸 게 육 년이고 본격적으로 친해진 건 햇수로 오 년 정도. 짧다면 짧고 길다면 긴 시간 동안 인스타그램이란 이상한 공간에서 만난 동갑내기 여자애와 이상하리만큼 가까워졌다.

나는 너무도 유치한 사람이라 내 사람과 내 사람이 아닌 이들로 관계를 나누는데 현이는 바깥에서 안으로 들어온 거의 유일한 사람이다. 그러니까 나는 현이를 실제로 처음 본 날, 처음 만나는 자리에서 수줍게 책 선물을 내미는 그녀를 보며 속으로 생각한 거다.

'얘랑 친해지기 힘들겠는데?'

하지만 삶은 내 뒤통수치기를 좋아해서 보란 듯이 너무나 손쉽게 현이를 내 삶 속으로 밀어 넣었다. 그녀는 금사빠인 내가 믿을 수 없는 속도로 사랑하게 된 많은 사람 중 하나이지만, 점점 더 강하게 그리고 지금까지도 절대 잃고 싶지 않은 그래서 자꾸만 더 잘 보이고 싶은 거의 유일한 사람이기도 하다.

사람을 사랑하는 동안엔 정신을 차리기 힘든 내가 가장 많이 저지르는 실수는 나와 상대의 세계를 동일시하는 것이다. 상대와 미치도록 가까워지고 싶은 마음이 날 허무맹랑한 사람으로 만드는 것이다. 상대가 좋아하는 건 일단 좋아하고 보고 상대가 싫어하는 건 무조건 싫어하고 보는 것. 그러면서 내 세계를 상대에게 강요할 때도 많았다. 그게 먹히지 않을 땐 더없이 서운했다.

그러나 현이를 사랑하는 동안에 나는 다른 방식의 사랑을 배운다. 서로의 교집합 주위만을 빙글빙글 돌던 시간을 지나 이제는 서로가 가장 멀어질 수 있는 지점까지도 산책을 다녀오는 것이다. 서로의 세계가 완벽히 겹치지 않더라도 우리의 세계는 계속될 것이란 믿음이 내게는 있어서다. 그리고 그 믿음을 심어 준 현이가 바로, 건너편 옥상에 있다.

나는 할 수 없이 계속 나라서 내 식의 사랑을 반복한다. 자꾸만 호기심에 본드를 흡입했던 어린 그의 심정이 되는 것이다. 여기에서 점프하면 저기에 착지할 수 있겠는데?

그러면서 한 손에 본드를 쥐었던 그처럼 어젯밤 잠들기 직전까지 읽었던 책을 손에 꼭 쥐어 본다. 현이가 어서 일어나기를 기다리며 그러다 결국은 못 참고서 이 책이 얼마나 끝내주는지 이 작가가 얼마나 대단한지 장황한 문자를 잔뜩 보내는 것이다.

이제 나는 누군가를 계속해서 사랑하는 사람의 숙명처럼, 더는 나조차도 어쩔 수가 없어서 내 세계의 난간 위로 조심스레 올라선다. 좋아하는 작가의, 좋아하는 책의, 좋아하는 문장을 손에 꼭 쥔 채 저 너머에 있는 현이의 세계를 바라보다가

바라보다가

마침내

점프.

서문2.

사랑과 우정과 미래의 편지

생각해 보면 늘 무언가를 끄적거리고 있었다. 어딜 가든 가지고 다녔던 작은 수첩에, 생일 선물로 받은 자물쇠 달린 비밀 일기장에, 아는 문제가 하나도 없는 수학 시험지 뒷면에.

나는 체육 시간만 되면 괜히 아프고 싶은 반에서 가장 조용한 여자애였다. 말보다 글이 편하고, 친구보다 책과 가까운. 말을 아끼면 내 안에 이야기가 쌓였다. 그대로 두니 마음이 자꾸 무거워져서 덜어 내듯 뭔가를 썼다. 고등학생이 되고부터는 수첩 대신 싸이월드 미니홈피에 일기를 썼다. 그건 학교에 다니는 동안 내가 가장 성실하고 꾸준하게 했던 일이다.

말 그대로 시시콜콜한 일상의 기록일 뿐이었는데 신기

하게도 하나둘씩 독자가 생겼다. 하루는 싫어하는 선생님에 대한 험담을 일기에 잔뜩 늘어놓았다. 몇 시간 뒤, 서로 얼굴만 알고 지내던 친구의 친구가 불쑥 댓글을 남겼다.

'그동안 얘기 안 했는데 니 일기 너무 재밌어서 맨날 보러 와 ㅋㅋㅋ'

누가 내 일기를 재미있게 읽었다는 게 이렇게까지 기분 좋을 일인가? 이상하다고 생각하면서도 자꾸만 입꼬리가 올라갔다. 그때부터 조금 다른 마음으로 일기를 쓰기 시작했다. 누군가 읽어 주기를 바라는 마음으로. 독자를 기다리는 마음으로.

하지만 한 번도 작가가 되어야겠다는 생각은 하지 못했다. 작가가 되기에 내 삶은 너무도 평범했다. 평범하다 못해 지루한 삶을 궁금해하는 사람은 아무도 없을 것 같았다.

스무 살이 되고 대학에 들어가 영화를 배웠다. 내가 가장 좋아했던 건 시나리오 수업이었다. 세상에 없는 인물을 만드는 건 하나의 세계를 창조하는 일이었다. 그게 너무 재미있어서 매 수업마다 벅차고 설렜다. 나는 좋은 이야기를 쓰는 감독이 될 거라는 기대에 부풀어 있었다. 더 큰 내가 되어 더 많은 세계를 만들고 싶었다. 그러나 아무리 애를 써도 나는 나밖에 되지 못했다. 나는 끝까지 남의 삶을 빌려 내 얘기만 했다.

영화에 대한 마음을 접은 채 학교를 졸업하고 취업을 준비하던 어느 날, 인스타그램에서 우연히 어떤 글을 읽었다. 나와 동갑인 여자애가 쓴 특별할 것도 대단할 것도 없는 이야기였다. 그 애가 올려놓은 백 편도 넘는 글을 밤을 꼬박 새워 가며 전부 읽었다. 우리는 분명 아주 다른 삶을 살아온 것 같은데 이상하게 그 애가 쓴 모든 글에 내가 있었다.

끝까지 읽고 나니 무슨 말이라도 하지 않고서는 견딜 수가 없었다. 살면서 처음 느껴 보는 이 마음을 누구에게든 전해야만 할 것 같아서 긴 메시지를 썼다.

그리고 그걸 그 애에게 보냈다.
그게 내가 이슬에게 쓴 첫 편지였다.

그 뒤로 우리는 어찌어찌 친구가 되었다. 어찌어찌. 네 글자로 간추린 그 과정이 이제는 잘 기억나지 않는다. 10

년도 되지 않은 이 우정이 나는 너무 익숙하다. 너무나 익숙해서 우리가 전생에도 우리였던 것만 같다.

> 그러고 보면 나는 그때도 MD에 마이크를 달아 친구들의 목소리를 녹음하곤 했다. 결국 크면 대단한 게 되는 게 아니라 애초에 하던 걸 본격적으로 하게 되는 거구나 싶다.
> _정세랑 『이만큼 가까이』 창비(2014) p.44

애초에 하던 걸 본격적으로 시작한 뒤 나는 자주 스스로를 의심했다. 내가 글을 써도 될까? 계속 쓸 수 있을까? 마음이 흔들릴 때면 사랑하는 책들을 꺼내 다시 읽었다. 읽고 나서는 이슬과 긴 수다를 떨었다.

책에 대해서라면 이슬은 관대했다. 어떤 책이 얼마나 좋은지, 어떤 작가가 얼마나 대단한지 온갖 미사여구를 붙여 호들갑을 떨어도 핀잔을 주는 일 없이 들어 주었다. 그러다 가끔은 한술 더 뜨기도 했는데, 우리의 책 취향이 드물게 겹치는 그 순간이 황홀하게 즐거웠다.

책에 대해 말하며 우리는 모든 이야기를 한다. 사랑과 우정에 대해, 돈과 가족과 미래에 대해. 여기 모인 편지에는 우리 세계의 모든 말이 담겨 있다. 아직 할 말이 많이 남아서, 우리는 지치지도 질리지도 않고 계속 긴 편지를 쓴다.

당신의 슬픔이 녹지 않는다면

내가 시를 처음 쓰기 시작한 건 스무 살이었고, 2011년
이고, 딱 10년 전이었다. 나는 스무 살을 기점으로 성향
이 완전히 뒤바뀌었는데, 이를테면 남들보다 과하게 외향
적이었던 내가 남들보다 과하게 내향적으로 변했다는 것,
더는 인간관계에 연연하지 않아 거의 모든 친구와의 연을
끊었다는 것, 나 자신을 사랑하게 되었다는 것, 이런 지점
들이었다. 이 변화의 공통점은 오직 '나'만 생각한다는 것
이었다. 한 친구는 취한 채로 울면서 내게 소리쳤다.

"넌 내가 기쁜지 슬픈지 관심 없지? 나중엔 그 누구도
너의 슬픔을 몰라줄 거야. 지금 네가 그러는 것처럼."

나는 서른 살이 되었고, 2021년이고, 처음 시를 쓴 뒤
로 딱 10년이 지났다. 감정 기복이 적은 성격이라 기쁜 일

에도 크게 기뻐하지 않고 슬픈 일에도 크게 슬퍼하지 않았다. 많은 친구들이 내 곁에 머물렀지만 결국 그들을 내쫓은 건 나였고, 마찬가지로 크게 슬퍼하지 않았다. '크게 슬퍼하지 않았다'라고 표현하기 민망할 정도로 슬프지 않았다. 당연히 내게도 소중한 친구들이 있다. 몇 안 되지만 나는 그들을 대할 때만큼은 진심이었고 어쩌면 나만큼 사랑할지도 몰랐다. 그러나 나의 친구들 앞에서도 기쁨과 슬픔을 온전히 드러낸 적은 없었다.

어느 날에는 우울감에 발목을 빠뜨렸다가 그 늪에서 허우적거리는 밤이 있었다. 정신을 차려 보니 동이 트고 있었고 가슴팍까지 늪에 파묻혀 있었다. 나는 나의 친구 목소리가 듣고 싶었다. 그리고 무엇이든 쏟아 내고 싶었다.

"너는 죽고 싶은 게 아니라 그만 살고 싶다고 말하지? 나한테 무슨 이유로 사는지 자꾸 묻잖아. 있잖아, 그런 건 나도 잘 모르겠어. 그냥 살아 있으니까 사는 것 같은데, 산다는 게 슬픈 일의 연속이면 왜 살아야 하는 걸까. 어제도 오늘도 내일도 우리는 슬프고 먼 미래에도 슬플지도 모르잖아. 우리는 슬프려고 사는 걸까, 문득 그런 생각을 했어."

그 뒤로도 나는 친구에게 계속 횡설수설했다. 제정신이

아니었고, 지쳐 잠들 때까지 제정신이 아니길 바랐다. 친구는 호응이나 대답도 없이 묵묵히 듣기만 했다. 길고 긴 나의 중얼거림이 끝나자 친구는 짧은 말과 함께 통화를 끊었다.

"안다야. 나한테 자주 전화해도 돼. 포옹은 둘이서 할 때가 제일 좋은 거 같아."

생각해 보면 나는 슬플 때마다 시를 썼던 것 같다. 친구들에게 그 슬픔을 털어놓지 않았고 혼자 위로하려 했다. 많은 시를 쓰고도 나의 슬픔이 녹지 않았던 건 타인이 아닌 나 자신과 포옹하려 해서 그런 건 아닐까.

그런 생각 속에서 김이슬과 하현이 주고받은 편지들을 읽었다.

두 사람이 포옹하는 장면을 떠올리면서. 단단히 얼어 있는 슬픔을 녹이기 위해 자신의 체온을 나눠 주는 장면. 고통을 함께 공유하면 얼음은 서로의 품속에서 조용히 녹는다. 혼자 고통을 끌어안을 때보다 빠른 속도로, 그리고 덜 고통스럽게 녹는다. 포옹은 둘이서 할 때가 제일 좋으니까.

한 친구가 내게 소리치고 떠난 거리에서 홀로 서 있을 때 나의 슬픔이 녹지 않았던 건. 우울감 속에서 헤어 나올 수 없을 때 시를 썼지만 나의 슬픔이 녹지 않았던 건.
슬프지 않다고 스스로를 납득시킬 때에도 나의 슬픔이
녹지 않았던 건.

나는 다시 두 사람의 편지를 바라보았다. 만약 당신의
슬픔이

녹지 않는다면

그건 김이슬과 하현의 포옹에 합류해야 한다는 의미이
다. 이 편지들을 소리 내어 읽는다면 더 좋을지도 모른다.

그들은 기꺼이 두 팔을 열어 줄 것이다.

양안다 시인

추천의 말2.

너희 세계의 모든 말

"너희는 전설의 동물들 같아. 실재하기는 하는데 존재하지는 않아. 소문은 무성한데 실제로 본 사람이 없어."

얼마 전 내가 하현과 이슬에게 했던 말이다. 이들이 사람들과 약속을 잘 잡지 않는다는 것을 알고서 한 말이었는데, 나는 또 이런 말을 덧붙였다. 같은 세계관을 공유하는 건 둘뿐이라 둘만 서로 만날 수 있는 거라고. 둘을 뺀 나머지는 다른 차원의 사람들이라 쉽게 마주칠 수 없는 거라고. 둘이 법적, 행정적 영역의 업무를 처리해야 할 때, 또는 아주 가끔 사적인 영역에 발 딛고 싶어 할 때에만 두 세계가 연결되는 통로가 생기는데, 그때 비로소 서로 다른 두 차원에 사는 사람들이 조우할 수 있다고. (단, 하현

과 이슬은 겨울로 빚은 사람들이라 한여름에는 연결 홀이 녹아
내려 무너질 가능성 농후)

둘만 사는 세계는 보호구역의 모습일 것만 같다. 수풀
이 무성하고, 맑은 호수가 있다. 둘은 야생동물들처럼 생
채기가 있다. 보호구역을 침범한 다른 종들로부터 공격을
받아 다쳤을 것이다.

그 다른 종들의 침입 방식은 아주 가관인데, 하현과 이
슬은 그것들이 어떤 식으로 어떻게 보호구역을 망가트렸
는지 알고 있었고, 몰랐다면 알아냈고, 아직 알아내지 못
했다면 알아내려고 하고 있다. 당장 맞서 싸우지는 못하
더라도 지켜보고 있다. 그리고 서로에게 자신들이 관찰한
바를 공유한다. 위협으로부터 지켜 준 책 속 글귀들을 잊
지 않고서. 울고 있다. 울음을 멈추려고 하고 있다. 다 울
었다고 말하고 있다. 그들 세계의 언어로, 말하고 있다.

우리, 이렇게, 생생하게, 느끼고 있어요.

『우리 세계의 모든 말』에 실린 서른 통의 편지는 어쩌면
하현과 이슬이 서로에게 전하는 감각 일지.

이제 다른 차원에 사는 우리도 저들끼리만 읽었던 소름
끼치게 좋은 글들을 돌려 볼 수 있다. 아껴 볼 수 있다. 자

다가도 생각나서 책장으로 가 맘껏 다시 꺼내 볼 수 있다.
나만 알고 싶어 할 수 있다. 나만 알고 싶은 카페를 정말
나만 알고 있다가는 그 카페가 망한다는 것쯤 아는 어른
이 되어서, 이런 추천사를 다 쓰게 됐지만. 그래, 이렇게
추천도 할 수 있다.

　세계를 연결하는 통로가 언제 열리나 기다리던 중,
　문이 하나 생겨 버렸단다.
　노크를 하지 않을 이유가 없다.

김여진 작가

이
슬

수상 소감1.
순자 씨 뒤통수치기

그의 표정을 잊지 못한다.

슬픔이나 기쁨으로 설명하고 싶지 않은, 굳이 말하자면 그의 표정에는 시간이 응축돼 있었다. 겉으로 보이는 아주 조그만 구멍과는 달리 그 속엔 이미 하나의 세계가 자리 잡은 개미집처럼. 그래, 딱 개미집처럼 그의 눈동자 너머로 너무 많은 시절이 펼쳐져 있던 것이다.

"결과적으론 우리 아빠 뒤통수를 내가 졸라 세게 때린 셈이지."

그는 그렇게 말하며 웃었던가.

"기분이 어땠어요? 좋았어? 통쾌했어?"

"아니. 그럴 줄 알았는데 눈물이 났어. 막 울었어. 아파서."

아버지가 반대하던 일을, 더 정확히 말하면 무작정 응원할 수 없던 일을 끝내 자기 힘으로 어느 위치까지 이룬 그였다. 그 지난한 과정이 얼마나 고되고 막막했을지 나로선 짐작할 수 없었지만, 그가 결국엔 자기 아버지의 뒤통수를 쳤다는 것, 그것도 졸라 세게 쳤다는 사실이 자랑스럽고 또 먹먹했다.

그러니까 나도, 꼭 나도.

순자 씨가 대뜸 그런 말을 한 건 몇 해 전이었다.

"우리나라에서 제일 돈 못 버는 직업이 작가래. 일 년에 564만 원."

때는 내가 운 좋게 첫 책을 출간한 지 몇 달이 지난 후였고 인터넷에 내 이름과 책 이름을 번갈아 검색하는 것이 일과가 되어 버린 순자 씨는 혹시라도 하나 있는 딸이 전업 작가가 되길 희망할까 봐 너무 두려웠던 거다. 전업 작가가 되겠다는 것도, 전업 작가가 된 것도 아닌 그저 희망하는 마음마저도 너무나.

시대의 흐름을 잘 탄 덕에 그야말로 운 좋게 출간만 했을 뿐, 나는 작가도 작가가 아닌 것도 아녔다. 여전히 취업을 생각해야 했고, 여전히 모든 것이 불투명했으며 여전히 가난했다. 마음이 가난한 것은 책을 출간한 뒤 더 심해져 내가 해야 하는 것과 하고 싶은 것의 간극에서 자유롭지 못했다. 틈이 벌어지면 벌어질수록, 현실이 무너지면 무너질수록 나는 이상적인 사람이 되어 갔으나 그건 순자씨의 불안만 부추길 뿐이었다.

직장을 다니며 독립출판을 준비하느라 하루 수면 시간이 두 시간도 채 되지 않았을 때, 그날도 난 새벽 세 시까지 작업을 하고 있었는데 화장실 때문에 잠이 깬 순자 씨가 불이 훤히 켜져 있는 내 방문을 거칠게 열어젖히며 그랬다. "그거, 네 인건비나 나오는 거냐? 몸이나 안 상하면 다행이지."

그때 내 마음이 어땠더라. 화가 났나. 아니면 억울했나. 그녀의 모진 말이 걱정에서 나온 말이란 것쯤 아는 나이였으나, 그렇다면 더욱이 순자 씨의 뒤통수를 세게 칠 날이 하루빨리 와야 한다고 다짐한 새벽이었다.

브런치로부터 브런치북 대상 수상 메일을 받은 그 말도 안 되던 날에 나는 『우리 세계의 모든 말』(이하 '우세모')을 같이 쓴 다정이와 아주 긴 통화를 했다. 우리가 드디어 글을 마무리할 수 있게 되었으며 우리가 쓰고자 하는 글이 우리만 좋은 건 아니었다고. 그렇다면 계속 글을 써도 되지 않을까 하는 기대와 희망으로 가득 찬 통화였다.

그러면서 다정이는 말했다. 이미 한참 전에 이슬이와 이런 일을 벌일 거라고 부모님께 선전 포고했으며 오늘의 대상 소식 역시 전했노라고. 아주 많이 기뻐하셨다고.

그리고 그때까지도 난 순자 씨에게 이 소식을 전할 마음이 단 한 톨도 없었던 거다. 알려 봤자 돌아올 반응이란 게 너무나 예상 가능한 것이라 믿었으니까.

'그게 되면 그래서 뭐가 좋은 건데? 안정적으로 돈 벌 수 있는 거야? 문학적으로 인정받는 거야?'

그리고 이번 크리스마스이브 날. 둘이서 보내는 모든 빨간 날이 그렇듯 뭘 해야 할지 모르겠는 어색한 집 안에서 나와 순자 씨는 살이 두툼한 가자미를 구웠다. 나물도 좀 무치고 미역국도 팔팔 끓였다. 크리스마스와는 어울리지 않는 메뉴였지만 둘의 저녁상으로는 부족하지 않게.

배부르게 밥을 먹고는 따뜻한 전기장판 위에서 귤을 한 바가지 가득 까먹었다. 티브이에서는 성탄절 특선 영화로 이미 여러 번 본 영화가 방영 중이었고, 나는 절대 장난이 통할 것 같지 않은 사람을 상대로 첫 장난을 계획하는 악동처럼 그러나 애써 평온한 목소리로 회심의 한 방을 날렸다.

"엄마. 카카오라는 회사 알아?"

(순자 씨는 카카오톡을 사용하지 않으므로 잘 모를 확률이 높았다)

"응. 알지. 카카오톡. 카카오뱅크도 있잖아."

"어. 맞아. 대따 큰 곳이야. 네이버랑 비등비등해."

"카카오는 왜 갑자기?"

"거기서 브런치라는 글 관련 플랫폼을 운영하거든? 음. 그러니까 사업 같은 거지."

"응. 근데?"

"그 브런치에서 매년 브런치북이라는 공모전을 열어. 우리나라에서 내로라하는 출판사 열 곳이 심사를 보는데 한 출판사당 한 작품을 선택하는 거야. 거기서 뽑히면 카카오에서 상금도 주고 출판사랑 출간 계약도 해. 책이 나오면 카카오에서 홍보도 해 주고. 카카오를 등에 업는 거나 마찬가지야. 이해가 돼?"

"응. 그런데 그게 왜."

"내가 사실 다정이랑 그걸 준비했거든. 다정이 알지? 시간이 빠듯해서 악착같이 했는데 그게 뽑혔어, 엄마. 이미 저번 주에 출판사랑 계약서도 썼어. 나, 대상이래."

"……"

갑자기 들이닥친 정보를 정리하는 시간이 십 초쯤 됐으려나. 그 억겁의 시간 동안 악동의 마음은 어떠했나. 즐거웠나? 통쾌했나? 눈물이 나올 것 같았나? 아팠나?

결과적으로 나는 순자 씨의 뒤통수를 절반쯤 친 게 됐다. 그녀가 조금은 어색한 얼굴로, 그러나 기쁨이 다 숨겨지지 않는 얼굴로 나를 향해 박수를 쳐 주었기 때문이다.

딸의 그러고 싶음을 겪지 않고, 걱정은 잠시 넣어 둔 채 누구보다 대책 없이 응원할 수 있는 날이 그녀에게도 너무 필요했을 것이다. 순자 씨가 내게 보낸 낯선 박수는 대책 없는 응원의 첫발을 뗀 자신에게 보내는 박수이기도 했다.

그녀가 브런치 화면에 뜬 대상 페이지를 보며 두어 번쯤 우리 세계의 모든 말… 우리 세계의 모든 말… 하고 중얼거렸다.

현   수상 소감2.
                숨겨 왔던 나의

비밀 이야기를 하나 해 볼까 합니다.

저에게는 꿈이 있었습니다. 아무에게도 말한 적 없고
누구에게도 들킨 적 없는 꿈이죠. 오랜 시간 가슴속에 품
었지만 이제는 미련 없이 놓아준 꿈이기도 합니다.

사실 저는 가수가 되고 싶었습니다.
네, 제가요. 알고 보면 노래를 좀 합니다.

시작은 고등학교 1학년, 열일곱 살이었습니다. 새 교복
도 친구들도 전부 낯설기만 했던 새내기 시절이었죠. 저

는 고등학교 생활에 대한 로망을 가지고 있었습니다. 지금까지의 지루한 삶과는 다른 세계가 펼쳐질 것 같았거든요. 특히 기대했던 건 동아리였습니다. 성장드라마 「반올림」의 애청자였던 제게 어른스러운 선배들과 함께하는 동아리 활동은 잘나가는 고등학생의 상징이나 마찬가지였습니다.

그리고 마침내 기회가 찾아왔습니다. 동아리 신입생 모집 기간이 시작된 것이죠. 2학년 선배들은 쉬는 시간마다 1학년 교실에 내려와 동아리를 홍보했습니다. 사진 동아리는 카메라가 없어서 안 되고, 맛집 탐방 동아리에 들어가기에는 용돈이 부족하고, 영어 말하기 동아리는 감히 넘볼 수도 없고, 방송부 면접은 이미 떨어졌고. 어쩔 수 없지 뭐, 그냥 공부나 해야지……. 아쉬운 마음을 달래며 교과서를 펼치는 순간 드르륵 앞문이 열렸습니다. 그리고 쏟아져 들어왔습니다. 한 무리의 멋진 언니 오빠들이.

합창부였습니다.

쉬는 시간이 아닌 수업 시간에 찾아온 그들은 선생님

을 향해 패기 넘치게 인사한 뒤 말했습니다. 합창부에 들어오면 맛있는 칼국수를 사 주겠다고요. 피자도 햄버거도 아닌 칼국수에 그렇게나 많은 아이들이 마음을 빼앗긴 건 그 말을 한 선배가 당시 인기 있었던 아이돌 그룹의 멤버 중 하나를 닮았기 때문이었습니다. 이게 정말 고등학교 합창부 오디션이 맞나 싶을 정도로 많은 지원자가 몰려들었고 저도 그중 하나였습니다.

오디션은 음악실에서 열렸습니다. 지원자들은 애국가 1절과 자유곡 하나를 부를 수 있었습니다. 너무 오래 기다려서 긴장이 다 풀린 줄 알았는데 제 차례가 다가오자 심장이 입 밖으로 튀어나올 것처럼 뛰었습니다. 다시 생각해도 그날 어떻게 노래를 불렀는지 모르겠습니다. 애국가에 이어 자유곡까지 부르고 나니 사방이 조용해졌습니다. 정적을 깨고 단장 선배가 입을 열었습니다.

"야, 쟤 뽑아."

네, 제가요. 알고 보면 노래를 좀 합니다.

그렇게 오디션에 합격했습니다. 막상 들어와 보니 선배

들은 어린 꼰대처럼 군기를 잡았고, 아이돌을 닮은 오빠는 코빼기도 볼 수 없었습니다. 연습에 잘 나오지 않았거든요. 왠지 속은 듯한 기분이 들었지만 어쩌겠어요. 선배들이 시키는 대로 열심히 연습하는 수밖에요. 문제는 그게 아니었습니다. 오디션 때까지만 해도 단장 선배의 총애를 받았던 저는 몇 달 뒤 골칫거리로 전락하고 말았습니다. 연습 때는 잘하다가도 무대에만 올라가면 실수를 연발했거든요.

세상에는 주목과 관심을 받을수록 능력치가 떨어지는 참으로 안타까운 사람들이 있습니다. 이제는 그게 무대 공포증이라는 것도, 그런 사람들이 생각보다 흔하다는 것도 알지만 그때는 영문도 모른 채 스스로를 미워했습니다. 아아, 나는 도대체 왜 이럴까.

하던 지랄도 멍석 깔아 주면 안 한다.
할머니는 종종 이런 말을 하셨는데요, 그 말을 들을 때면 괜히 혼자 뜨끔했습니다. 너무나도 제 얘기라서요. 그렇습니다. 저는 멍석을 깔아 주면 늘 도망치기 바빴습니다. 아무래도 유명인이 될 팔자는 아닌가 봐요.

『우리 세계의 모든 말』이라는 멍석은 이슬이 깔았습니다. 특별한 날이면 저희는 서로에게 긴 편지를 씁니다. 재작년 제 생일에는 무려 네 장짜리 편지를 받기도 했었죠. 그런데 그 편지들이요, 이런 말은 좀 민망하지만 저희가 읽으면서도 참 애틋해서요. "이걸 우리만 읽기는 너무 아깝다!" 농담 반 진담 반으로 이야기하곤 했습니다.

사실 저는 이번에도 도망칠 생각이었어요. 막상 멍석을 깔아 주면 형편없는 편지를 쓰게 될까 봐 두려웠거든요. 하지만 결국 발을 빼지 못했습니다. 그때 저는 일 년 가까이 단 한 편의 원고도 쓰지 못하던 상태였습니다. 슬럼프였을까요, 번아웃이었을까요. 어느 쪽이든 이대로라면 전부 끝나 버릴 것 같았습니다. 어떻게든 결단을 내려야 했어요.

그래, 멍석 위로 올라가자.
숨겨 왔던 나의 모든 걸 보여 주지 않으면 다음은 없을지도 몰라.

누구에게도 들키고 싶지 않았던 구질구질한 마음, 너

무 좋아서 나만 알고 싶었던 책, 깊은 우정을 나누면서도 끝내 말하지 못했던 진심. 이슬이 깔아 준 멍석 위에 그런 것들을 꺼내 놓았습니다. 스스로의 작은 재능을 끊임없이 의심하면서요.

그리고 이렇게 큰 상을 받게 되었습니다.
네, 저희가요. 알고 보면 편지를 좀 씁니다.

수상 소식을 듣고 속수무책으로 들떴던 12월이 지나고 새해가 밝았습니다. 1월이 되니 오히려 마음이 차분해지네요. 저의 새해 목표는 하던 지랄을 멍석 위에서도 잘하는 사람이 되는 것입니다. 여태껏 아주 많은 것들로부터 도망치며 살아왔지만 이제는 용기를 내고 싶어요.

겁 많고 걱정 많은 저희의 도전을 응원해 주신 모든 분들께 감사드립니다. 앞으로 이어질 편지에서는 더 깊은 이야기를 들려 드릴게요. 숨겨 왔던 나의 수줍은 마음 모두.

차례

이
슬

편지1.

미워해 안심해 희망해

—

『괴괴한 날씨와 착한 사람들』

임솔아(문학과지성사, 2017)

다정아.

이렇게 편지를 시작하려니 배가 막 간지러워. 우리는 가 끔 편지하는 사이잖아. 서로의 생일이나 크리스마스이브 정 도에 말이야. 그때마다 난 약간은 막막하고 낯간지러운 기분 으로 텅 빈 편지지를 마주하는데 막상 다정아, 하고 운을 떼 면 벅찰 만큼 얘기가 길어져. 틈만 나면 전화로 또 메신저로 떠들면서 여전히 그렇게나 할 말이 남았단 게 좀 웃기달까. 말로 할 수 있는 얘기와 글로 할 수 있는 얘기는 또 다른 가 봐. 그치?

나는 여전히 우리가 신기해. 생경하다는 표현이 더 맞을 지도 몰라. 우리가 이렇게 계속 우리인 게.

우리는 닮았고 또 다르잖아. 너무 닮아서 너무 다르다는 말을 너는 이해할 거야. 내가 우리 사이에 느끼는 감정들 역 시 너는 알 거야.

나는 혼자인 시간이 많았고 너는 혼자일 시간이 없었어. 나는 혼자가 좋으면서 싫고 너는 혼자가 편하지. 나는 혼자 일 자신이 없고 너는 혼자일 수 있어. 나는 혼자라고 느끼고 너는 혼자이고 싶어 해. 나는 그만 외로움을 알고 싶고 너는 외롭고 싶어.

너는 사실 외로운 게 뭔지 잘 모르겠다고.

그 말을 들었을 때 나는 널 조금 미워하고 조금 부러워하고 조금 안심했던 것 같아. 너희 집 주방의 4인용 식탁을 떠올리며 부러워하다가 네 방에서 문을 꼭 닫고 있어도 들리는 거실의 티브이 소리, 정확히는「미스터 트롯」을 시청하는 소릴 떠올리다 안심해. 네가 나의 외로움을 결코 이해할 수 없으리란 사실이 밉다가도 네가 절대 몰랐으면 하는 외로움을 생각하며 나는 다시 안심해.

서로의 혼자임을, 혼자일 수 없음을 이해하지 못하면서 우리는 계속 얘기하지. 나의 끝없는 빈자리와 너의 계속되는 부대낌에 대해. 그러면서 서로의 결핍을 조금씩 희석할 수 있다면 얼마나 좋을까. 그런 게 가능하다면.

가득 차 있는
빈 의자 사이에 빽빽하게 비어 있다.

집에 돌아와
불을 켜자 형광등이 나가버린다.

이슬

나가버린 형광등을 들고서 집을 나간다.

형광등과 똑같은 형광등을

데리고 돌아온다.[*]

넘치는 것을 또 다른 결핍으로 이해하기까진 시간이 좀 걸렸어. 내 몸 여기저기에 남은 웅덩이에만 집중하느라 몰랐던 것 같아. 모르고 싶었던 것 같아. 내게만 없는 것, 나만 가지지 못한 걸 떠올리면 온전해 보이는 네가, 울타리 안에 속한 것 같은 네가 조그만 틈 하나 없이 꽉 차 보였어. 그리고 그건 내가 생각하는 결핍과는 다른 모양이었어.

나 요즘 화분 키우거든. 고무나무고 꽤 커. 너한테 말한 적 있지? 얘네는 이 주에 한 번씩 물을 주는데 그게 야박하게 느껴질 때가 있어. 그럴 때면 물을 정말 담뿍 주게 돼. 그러다 어제도 화분에 물이 넘친 거야. 무거운 화분을 들고 화장실로 가서 기껏 준 물을 좀 덜어 내고 바닥에 흐른 건 휴지로 한참 닦았지. 너무 막무가내인 나를 탓하면서. 그러면서 네 생각이 난 거야. 꽉 차 있는 네가 그래서 포기할 수밖에 없던 건 뭐였을지.

---

[*] 「룸메이트」 p.111

대화가 필요 없는 저녁이나 조용한 새벽, 표정 없이 보내는 정오나 나만 생각하는 아침. 어쩌면 너는 하루의 모든 시간을 절반만 보냈던 걸지 몰라. 온전한 하루를 가져 본 적 없었던 걸지 몰라. 그것은 네게 얼마만큼의 결핍이었을까.

> 오늘은 내가 수두룩했다.
> 스팸 메일을 끝까지 읽었다.
> (…)
> 오늘은 내가 무수했다.
> 나를 모래처럼 수북하게 쌓아두고 끝까지 세어보았다.
> 혼자가 아니라는 말은 얼마나 오래 혼자였던 것일까.[*]

나의 스팸 메일함에는 너무 많은 내가 있고, 너의 스팸 메일함에는 너만 없어. 나는 이런 나라도 나를 많이 가졌는데, 그렇다면 너는……

서로의 결핍을 절대 희석해 주지 못해서 우리는 각자의 결핍을 서로에게 조금씩 빌려주는 방식을 택한 게 아닐까. 내게 나밖에 없을 때 너를 찾는 것처럼, 네가 들려주는 너의 이야기를 들으며 너무 많은 나를 정리하는 것처럼. 그리고

---

[*] 「모래」 p.10

네가 너 없이도 꽉 차서 흘러넘칠 때, 나는 널 혼자인 채로 둬. 나의 고무나무가 찰랑거리는 물을 모두 흡수할 때까지, 내 화분이 화분만의 시간을 잘 보내길 기도하는 마음으로.

그래도 다정아. 너는 네가 오래, 어쩌면 영원히 혼자이길 바랄 테지만 나는 그런 너 몰래 다른 걸 희망해. 너에겐 혼자가 아니라는 말이 되도록 익숙한 말이었으면 좋겠다고. 혼자를 모르는 혼자가 너였으면 좋겠다고. 아주 가까스로 혼자이기를.

아마도 나는 계속 내가 가진 결핍을 네 것보다 크다고 느낄 거야. 그게 나는 미안하지 않고,

(…) *모르는 사람들이 돌아가고 모르는 벽으로 둘러싸여 집이 완성된다. 발자국을 닦아내고 의자에 웃옷을 걸쳐둔다. 내 옷 앞에 마주 앉는다.*[*]

그런 시간이 네게는 오지 않기를 희망해. 오더라도 이 주에 한 번씩은 꼭 너희 집 앞에 아주 많은 나를 데리고 선 내가 있기를

희망해.

---

[*] 「익스프레스」 p.78

아주 많은 이름

—

『이상하고 자유로운 할머니가 되고 싶어』

무루(어크로스, 2020)

이슬아.

　이렇게 부르니 온몸에 소름이 돋아. 너도 그렇지? 질색하는 네 표정이 안 봐도 눈에 훤해. 왜 너무 친하면 성을 빼고 이름만 부르는 게 어색한 걸까. 너를 부르는 호칭이 '김이슬'에서 '이슬아'로 바뀔 때 나는 뭐랄까, 우리가 아주 공적인 관계가 된 듯한 기분이 들어. "야, 김이슬!"에게 할 수 있는 이야기와 "이슬아."에게 할 수 있는 이야기는 낮과 밤처럼 달라. 어느 쪽이 낮이고 어느 쪽이 밤인지는 잘 모르겠지만.

　별명을 가지고 싶었어. 초등학교 시절에도, 중학교 시절에도. 나이키 운동화보다 최신형 엠피쓰리보다 그게 더 탐났어. 너무 친해서 서로를 이름으로 부르는 게 어색한 사이를 동경했던 것 같아. 그런 관계 속의 묵직한 애정과 경쾌한 미움, 그것들을 지속 가능하게 하는 깊은 신뢰를. 하지만 결국 고등학교를 졸업할 때까지 아무런 별명도 얻지 못했어.
　학교에 다니는 내내 나는 공부보다 친구를 더 어려워했어. 수학이나 영어도 물론 어려웠지만 거기에는 정답이 있잖아. 사람의 마음에는 공식도 규칙도 없고, 그래서 그걸 이해하기 힘든 순간이 많았어. 누군가와 친해지기까지 남들보다 훨씬 많은 시간이 필요한 아이들에게 학교는 잔인한 세계인 것 같아.

중학교 2학년 때였나, 열이 심해서 하루 결석한 적이 있었어. 다음 날 필기를 베끼려고 같은 반 친구에게 프린트물을 빌리는데 그 애가 놀란 얼굴로 묻더라.

"너 어제 안 왔었어?"

포토샵 프로그램에는 Opacity라는 기능이 있어. 사진이나 그림의 투명도를 조정하는 기능인데 0퍼센트에 가까울수록 투명해지고 100퍼센트에 가까울수록 선명해져. 그 시절의 나는 50퍼센트 정도의 Opacity값으로 존재했던 것 같아. 너무 선명해지는 게 두려웠거든.

나를 나로 만드는 것들의 절반을 숨긴 채 우정을 배웠어. 어떻게든 무리에 속하기 위해, 거기에서 탈락하지 않기 위해. 싫어하는 것을 좋아하는 척하거나 좋아하는 것을 싫어하는 척하며 얻어 낸 우정은 천 원짜리 유리컵처럼 얇고 가벼웠어. 방심하는 순간 가차 없이 깨져 버렸지.

(…) 또래 집단의 관계로부터 나를 증명하지 않아도 되

는 때에야 비로소 나는 내가 바라는 우정의 모습과 관계의 이상에 대해 제대로 생각해 볼 수 있었다.

_p.67

또래 집단의 관계로부터 나를 증명해야 했던 시간. 나는 나의 청소년기를 그렇게 기억해. 십 대에 사귄 친구들 중 이제 내게 남은 건 딱 하나야. 나는 여전히 사람이 세상에서 제일 어렵고, 그래서 가끔 누군가와 능숙하게 가까워지는 너를 볼 때면 그 모습을 몰래 시기해. 그건 내가 아무리 애를 써도 흉내 낼 수 없는 영역이거든. 오직 외로움을 아는 사람만 가질 수 있는 따뜻함이라서.

너는 내게 가장 많은 별명을 선물한 사람이야. 네가 나를 부르는 이름 아닌 다른 모든 호칭이 나는 좋아. 언뜻 듣기엔 간지러운 애칭 같은 다정이라는 별명도(이 이름에 대한 이야기는 다음에 자세히 하기로 하자), 하대장(아… 내년에는 진짜 대장 내시경 해야 하는데…) 같은 우스꽝스러운 별명도 사실은 좋아. 하지만 기다렸다는 듯 넙죽 받기는 왠지 민망해서 일 년에 한 번 보는 친척 어른이 건네는 용돈처럼 조금은 머쓱하게 그 별명들을 주머니에 찔러 넣곤 해.

불행했던 그 시기에 내 마음의 한 부분은 성장을 멈췄던
것 같다. 친구를 만드는 일에만 집착한 나머지 내가 어떤
친구를 바라는지, 나는 어떤 친구가 될 수 있는지에 대
해서는 한 번도 제대로 생각해 보지 못했던 것이다. 그
바람에 나는 어른이 되어서도 시행착오가 많았다.
_p.67

나도 고무나무 키우거든. 내가 키우는 건 고작 내 손바닥
보다 조금 커. 얘는 우리 집에서 가장 게으르게 자라는 식물
이야. 그래도 아주 가끔 이 작고 느린 식물의 성장을 깨닫는
순간이 있어. 내 마음의 한 부분은 고무나무와 같은 속도로
다시 자라고 있는 것 같아.

너를 만나고 나는 우정을 다시 배웠어. 나를 숨기거나 버
리지 않고도 우리가 될 수 있다는 걸 알았어. 싫은 걸 싫다
고 말해도, 다른 걸 다르다고 말해도 그게 우리 관계를 해치
지 않을 거라는 믿음이 이제 내게는 있어.

너랑 같이 있을 때 나는 마음껏 내가 되고 경솔하게 선
명해져. 자꾸자꾸 선명해져서 100퍼센트의 내가 되었을 때,
내 옆의 너 역시 그랬으면 좋겠어. 나의 시행착오를 지켜봐
준 너에게 그때는 더 많은 이름으로 더 깊은 우정을 전할게.

이
슬

편지3.

말년이 좋을 거라 믿는 모임

—

『아름다웠던 사람의 이름은 혼자』

이현호(문학동네, 2018)

처음 사주를 본 건 아마도 스무 살, 가을이었을 거야.

　나는 미신을 믿지 않는 사람인데. 빨간 펜으로도 이름을 잘 쓰는데. 그러니까 잘 기억나진 않지만, 친구를 따라갔었을 거야. 분명 사주를 보러 간 건데 점을 보려면 음료를 주문해야 하는 이상한 곳에서 뚱한 표정으로 별수 없이 "김이슬(金이슬)이요. 91년 10월 17일, 새벽 6시 15분이요." 이렇게 말했을 거야.
　그러고서는 대뜸 혼부터 난 거지.
　"이름을 왜 그렇게 지었어! 잠깐 살다가 가고 싶어?"
　역술가는 대뜸 그랬어. 이름이 구리다고. 뜻도 없는데 뭘 바라냐고. 아침이슬처럼 잠깐 살다 가고 싶은 거냐고. 이후로도 좋은 말은 못 들었어. 일찍 결혼하면 이혼 수가 있다느니 사주에 자식이 없다느니. 잘 흘러가는 것처럼 보여도 그냥 별 볼 일 없는 사주라고. 대신 이름을 바꾸면 훨 좋아질 수 있다고. 작명비는 단돈 삼십만 원.
　그 철학관을 나오면서 생각했어. 절대 이름 따위 바꾸지 않겠다고. 내가 빨간 펜으로도 이름을 곧잘 적는 건 미신을 믿지 않아서가 아니라 어쩌면 너무 미신을 믿어서인지도 모르겠다고.

　이슬

사주 같은 걸 믿는 사람은 기대가 남은 사람일까, 기대가 없는 사람일까. 희망하는 사람일까, 희망하지 않는 사람일까. 겁먹은 사람일까, 잃을 게 없는 사람일까. 알고 싶은 사람일까, 모른 척하고 싶은 사람일까. 준비하는 사람일까, 맨몸인 사람일까. 방어하는 사람일까, 체념하는 사람일까. 기다리는 사람일까, 버리려는 사람일까.

다정아. 너는 팔자를 믿어? 너도 어쩔 수 없음 같은 걸 믿어?

여러 마음들이 등장하는 이현호 시인의 『아름다웠던 사람의 이름은 혼자』라는 시집에는 「빈방 있습니까」라는 시가 있어.

> 긍정적으로 생각해보면 얼룩은 썩 괜찮은 장래희망입니다
> 곰팡이에겐 감각기관이 없겠지요 아플 줄 모르겠지요
> 감각할 줄 모르는 자들이 소유를 합니다
> 시간을 지낼수록 검버섯같이 더욱 짙어지겠습니다
> (…)
> 무늬와 얼룩의 계급 차이는 얼마만 한지

흐리다 옅다 번지다 같은 일도 나의 이력이면 좋겠습니다[*]

아마도 그때 그 역술가는 이슬이 이슬이기에 행할 수 있는 일들을 몰랐던 것 같아.

이슬은 바람이 불고 구름이 많은 밤보다는 바람이 없고 맑은 밤에 더 잘 맺힌대. 그리고 이슬은 높이 있는 잎사귀보다는 지면에 가까운 풀잎일수록 더 잘 맺힌대. 그런 이슬은 강우량이 적은 시기에 식물에 수분을 공급하는 소중한 원천이 된대. 그렇대.

무늬와 얼룩의 계급 차이는 이들을 사라지게 할 수 있는 방식의 차이 아닐까. 무늬는 찢어야 하고, 얼룩은 흐리게 옅게 번지게 해야 하지 않을까. 그런 의미에서 이슬은 무늬보다는 얼룩에 가깝지 않을까. 이슬은 내일 밤에도 피는데. 그것이 이슬의 자랑스러운 이력인데.

요즘 내가 꽂힌 건 타로카드야. 직접 점괘를 보러 가지 않아도 동영상 속 혼자들이 다수를 위한 점괘를 봐 줘. 그들이 카드를 섞고 추려서 어두운 벨벳 천이 깔린 테이블 위에 뒤집어 놓으면 나는 잠시 화면을 정지하고 왠지 끌리는 카드를

---

[*] 「빈방 있습니까」 p.74

선택해. 그리고 그 카드의 타임라인으로 가서 내가 선택한 카드의 해석을 듣지.

동영상 속 혼자들은 대부분 좋은 말만 해 줘. 애초에 그런 주제들로만 점괘를 보는 거 같기도 해. 뭐, 가을에 생길 좋은 일이나 조만간 나에게 다가올 운명적 변화 같은 거. 꼭 그런 게 아니래도 미지근한 말을 따뜻한 말처럼 들리게 하는 재주가 그들에겐 있는 것 같아. 이런 식이야.

"당분간 힘든 시기가 이어질 것으로 보이나 조력자를 뜻하는 카드가 나온 것으로 보아 여러분을 구해 줄 누군가가 곧 나타날 것이다, 이렇게 볼 수 있겠습니다."

이 시집에서 이현호 시인은 *번번이 나는 의문을 희망으로 착각*한다고 말해. 그러면 나는 이제 위에서 했던 질문에 대한 답을 내릴 수 있어.

빨간 펜으로도 이름을 쓸 수 있는 사람은 희망에 대한 기대가 남은 사람이야. 그래서 겁을 먹은 사람이고 되도록 잘 알아서 무엇이든 방어할 준비를 하고 싶은 사람이야. 그렇기에 누구보다 내일을 기다리는 사람이야. 절대로 내일을 버리기 싫은 사람이야.

---

* 「악마인가 슬픔인가」 p.96

내가 두 번째로 사주를 본 건 아주 최근인데 이번엔 이런 말을 들었어.

"끝으로 갈수록 운이 상승하는 사주예요. 말년에는 돈도 많아요."

나는 올라가는 입꼬리를 참을 수 없으면서도 끝으로 갈수록 운이 상승하는 사주란 얼마나 고달픈 사주인 거냐고 생각했어. 말년의 사전적 의미가 '일생의 마지막 무렵'이란 걸 생각하면 더 그랬어.

그래서 언제부터 운이 핀다는 건지, 말년은 정확히 언제부터인지. 이런 건 아무래도 알 수 없어서 나는 그냥 나의 자랑스러운 이력만을 생각하기로 해. 내일은 있을 것이고 내일의 나 역시 있을 거라는 믿음만을 지키기로. 오직 나만이 나의 어쩔 수 없음이기를.

> 살아남자는 살아서 남자는 건지 남았으니 살자는 건지 상관없었다,
> (⋯)
> 아름다운 사람에게 나는 어디 있느냐고 물었다
> —북극점에 서서 북쪽이 어디냐고 묻는 건가요, 북극점보다 더 북쪽은 없고 나보다 더 나는 없어요

이슬

(…)

—아름다운 사람을 보았다

나는 그다음 대사를 고민하며

*걸어나갔다 나의 보폭으로** *

이슬은 순자 씨가 지어 준 이름이야. 당시 순자는 골치가 아팠대. 대개 그렇듯이 한자로 이름을 지으려니 이름에 써도 되는 한자가 있고 쓰면 안 되는 한자가 있고, 같이 쓰면 좋은 한자가 있고 그렇지 않은 한자가 있고. 애초에 한자 이름을 짓지 않으면 해결될 문제여서 그때 한창 유행하기 시작한 한글 이름을 생각했대. 그렇게 지은 이름이 이슬.

이슬.

덕분에 나는 이름의 뜻대로가 아닌 나, 이슬의 뜻대로 나아갈 수 있을 거야.

---

* 「살아 있는 무대」 p.68

말년이 좋을 거라 믿는 모임

정아에 대해 말하자면

—

『정아에 대해 말하자면』

김현진(다산책방, 2020)

이 책을 펼친 건 순전히 제목 때문이었어. 정아에 대해 말하자면. 이런 제목을 그냥 지나칠 수 있는 정아는 아마 많지 않을 거야.

우리 가족은 네 명인데 나를 포함해 세 명이 이름을 바꿨어. 엄마, 나, 남동생. 아빠만 빼고 전부. 그뿐만이 아니야. 이모도, 이모의 아들도. 첫째 큰아빠의 딸과 둘째 큰아빠의 두 아들까지 모두 개명을 했어. 이쯤 되면 우리 집안에는 뭔가 있는 게 아닐까?

정아.
그러니까 정아에 대해 말하자면…….

1920년대에 태어난 할아버지는 가부장제 밖의 삶을 상상해 본 적 없는 전형적인 경상도 남자였어. 진주 하씨는 조선시대에(세상에… 조선시대라니…) 영의정을 지낸 유명한 양반 가문이었대. 양반이고 나발이고 명예보다 돈이 좋은 나에게는 그 얘기가 좀 우습게 들렸지만 할아버지에게 그건 중요한 자부심이었어.

뼈대 있는 가문의 대를 이을 귀한 후손들의 이름을 함부로 지을 수 있나. 결혼한 자식들이 차례로 손자를 안겨 줄 때마다 할아버지는 두둑한 돈 봉투를 들고 작명소를 찾아갔어. 최고로 좋은 이름을 지어 달라고. 그러면서 한 가지 조건을 덧붙였지. 이름의 끝에 조상들이 정해 놓은 항렬자를 꼭 넣어야 한다는 거였어.

그런데 그 글자는 하필이면 '봉'이었어.

鳳 봉새 봉.

그렇게 내 동생과 사촌 오빠들은 모두 봉으로 끝나는 이름을 갖게 되었어.

태어나 보니 나는 여자였고, 그래서 내 몫의 봉황새는 없었어. 이름에 촌스러운 '봉' 자가 들어가지 않아 다행이라고 생각하면서도 묘하게 서운했어. 존재를 반만 인정받은 기분이었거든.

봉황새 대신 내가 받은 글자는 '정'이었어.

娃 단정할 정.

여기에 나 아(我)를 붙여 정아라는 이름이 된 거야.

단정할 정은 우리 시대 여자아이들의 이름에 흔하게 쓰인 글자야. 여자 여(女)에 바를 정(正)을 더해 만들어진 글자. 이름에 대해 생각할 때마다 나는 궁금했어. 단정함이 단지 훌륭한 사람이 되기 위해 갖춰야 할 미덕이라면 왜 人이 아

니라 女라는 부수를 사용했을까? 왜 여자아이의 이름에만
이 글자를 넣었을까?

바른(正) 여자(女).
여자로서 갖추어야 할 단정함. 봉황새 대신 내가 받은 건
바로 그거였어. 몸가짐이 조신하고 행실이 바른 여자. 순하
고 착하고 반듯한 여자. 사람들은 새로 태어난 아이가 그런
여자로 자라기를 바라며 이 글자를 선택했겠지. 작명소 주인
도, 우리 할아버지도. 아마도 그건 좋은 마음이었을 거야. 알
아, 알지만……

알면서도 그 글자에 담긴 염원이 징그러웠어.

봉황은 고대 중국의 전설에 등장하는 상상의 새야. 아름
답고 상서로운 이 새는 나라가 더없이 평안할 때만 나타나
천하의 안녕을 암시했대. 하지만 봉황새를 가지고 태어난 우
리 집 남자들의 삶은 하루도 안녕하지 못했어.
동생의 새 이름을 지어 준 역술가는 말했어. 이름에 너무
화려한 글자를 쓰는 건 위험하다고. 기가 약한 사람이 그런
이름으로 불리게 되면 결국 이름에게 잡아먹힌다나. 그 말을

들으며 나는 생각했어. 그게 아니라 벌을 받은 거라고. 아들만 귀하게 여기는 할머니와 할아버지가 괘씸해서 봉황새가 그들을 지켜 주지 않은 거라고.

　엄마가 동생을 임신했을 때, 나는 할머니 집에 가는 게 너무 싫었어. 할머니는 나만 보면 고추 타령을 했거든. 이번에는 무조건 고추여야 한다. 니는 무조건 남동생을 봐야 한다. 피부가 얇아 파랗게 실핏줄이 비쳤던 내 미간마저도 우리 집에 아들이 생길 거라는 증표가 됐어. 아이고, 야가 남동생 볼라고 저러는갑다. 이번에는 고추네, 고추!

　할머니의 고추 타령에 질려 버린 나는 친척들이 모두 모인 자리에서 이렇게 외쳤대.

　"엄마가 여동생을 낳으면 재활용 쓰레기통에 갖다 버릴 거야!"

　엄마와 아빠는 세상 그 어디에서도 받을 수 없는 사랑을 내게 주었지만 그것과는 별개로 내 탄생은 실수였어. 다음 기회를 통해 어떻게든 만회해야 하는.

　『정아에 대해 말하자면』은 정아를 포함한 여덟 명의 여자가 등장하는 소설집이야. 대한민국에서 여자로 살아가는 주인공들의 삶을 하나씩 차례로 지나 마지막 순서인 에필로그를 읽다가 이 대목에서 머리를 한 대 맞은 것 같았어.

> 이것으로 첫날 프레젠테이션을 종료하겠습니다. 지금까지 지상으로 내려가 인간으로 살아가는 차례가 올 때까지 정말 오래 기다리신 여러분의 순번이 드디어 돌아와, 여러분은 지금 모친의 배 속에 갓 수정되었습니다. 그리고 태아 상태인 지금부터 10개월이 지나면 대한민국이라는 곳의 여자 아기로 태어나게 됩니다. 오늘 보신 내용 중에는 그곳에서 여성으로 살아야 할 여러분의 각오를 다지기 위한 다소 자극적인 이야기도 있었습니다.
> _p.239

여덟 편의 이야기는 아직 인간으로 태어나지 않은 영혼들을 위한 '한국 여성의 삶 미리보기' 프레젠테이션이었던 거야. 프레젠테이션이 끝나자 영혼들은 일제히 침묵에 잠겨. 그러다 누군가 번쩍 손을 들고 말하지. 차라리 태어나지 않는 것을 선택하겠다고.

"저도 태어나지 않는 것을 택하겠습니다. 자연유산을 시켜주세요."

"저 역시 자연유산을 택하겠습니다. 구천을 떠돌면서 영원히 여러 가지를 구경하는 게 훨씬 낫겠어요."

"저도 자연유산을 신청합니다. 아, 그런데 혹시 제 어머니에게 결혼 같은 것을 하지 말라고 전할 방법은 없을까요?"

아무도 자연유산 대신 출생을 선택하지 않았다.
_p.242

만약 이런 일이 가능하다면 너는 어떻게 할 거야? '다소 자극적인 이야기'가 내 삶이 되지는 않기를 기도하며 용감하게 출생을 선택할 거야? 아마도 나는 제일 먼저 손을 들고 말할 것 같아. 절대로, 절대로 태어나지 않을 거라고.

하지만 그건 어디까지나 상상일 뿐이고 나는 이미 태어나 버렸지. 그렇다면 내가 가진 가장 오래된 것이라도 바꾸고 싶었어. 새롭게 태어나는 마음으로. 삶을 선택하는 마음으로. 그런 마음으로 오래 미워했던 정아라는 이름을 버렸어.

이슬아, 한국에서 여자로 살아가는 일이 나는 이제 지긋지긋해. 방범용 남자 이름으로 택배를 받거나 열대야에도 창문을 꼭 걸어 잠그고 잘 때. 혼자 택시를 타기 겁나서 차라리 밤길을 오래 걸을 때. 그러면서 자꾸 뒤를 돌아볼 때. 그럴 때면 초식동물처럼 경계를 늦추지 못하는 삶이 너무 피로해.

우리는 늘 이야기하지. 우리가 여자이기에 느낄 수밖에 없는 세상에 대한 실망과 환멸을. 그러는 사이에 내가 분노를 동력으로만 작동하는 인간이 되어 버린 것 같아서 어떤 날에는 문득 마음이 서늘해져. 세상의 선의를 믿을 수 없다면 사람은 무엇에 기대 살아가야 할까. 오직 분노만 남은 인간의 세계에는 어떤 기쁨이 있을까?

하지만 탄생을 무를 수는 없잖아. 정아는 버렸어도 나를 버릴 수는 없잖아. 그럴 용기가 내게는 없어서 이 삶을 포기하는 대신 보란 듯이 잘 살아 보자고 마음을 고쳐먹어. 스스로 선택한 현이라는 이름으로 나는 더 많은 정아에 대해 말하려고 해. 바른 여자를 기대하는 사람들에게 다른 여자를 보여 주고 싶어.

그럼에도 불구하고,

누가 무엇을 택했는지는

곧 알게 되실 것이다.

_p.246

더 크게 떠들자. 우리의 삶과 우리의 마음에 대해.

그럼에도 불구하고, 우리는 태어나기를 택했으니까.

이
슬

편지5.

패러디의 신

—

『배틀그라운드』

문보영(현대문학, 2019)

내가 제일 좋아하는 영화 장르는 공포야. 그중에서도 콕 집어 좀비.

제일, 가장 같은 말은 조심해서 써야 하는데 나는 좀비를 이야기할 때 조심하지 않을 수 있어. 내가 제일 좋아하는 영화는 좀비물이야. 네가 절대 돈 주고는 보지 않을, 되레 돈을 준대도 보지 않을 바로 그런 영화.

정말 그런 줄로만 알았는데 얼마 전 깨달은 사실이 하나 있어. 내가 좋아하는 건 본격적인 좀비물이 아닌 좀비물을 패러디한 좀비물이라는 거. 사실 나는 패러디를 좋아하는 인간인 거야.

패러디(parody)의 어원인 paradia는 '다른 것에 대한 반대의 입장에서 불린 노래'라는 뜻이래. 그리고 이보다 더 오래된 말로 추정되는 paradio는 '모방하는 것'이란 의미를 지녔대.

반대와 모방. 이 모순된 개념이 패러디 속엔 동시에 존재해. 절대 가까워질 수 없으면서 절대적으로 친근한 무언가가 패러디 속엔 있는 거야.

문보영 시인은 게임 배틀그라운드를 해 본 적도 없으면서

이슬

배틀그라운드에 관한 시를 묶어 시집으로 냈어. 그게 가능하다고? 처음엔 그렇게 생각했는데 조금 더 생각해 보면 그것은 너무나 가능하다는 사실을 알게 돼.

패러디는 대상이 되는 작품을 정교하게 분석하는 것에서부터 시작해. 원작자만큼이나 원작에 대해 잘 알아야지만 그것과 반대의 길을 갈 수 있기 때문이야. 그러면서도 바로 옆에 있는 것처럼 만지고 놀리고 장난을 칠 수 있기 때문이야.

그런 의미에서 문보영 시인은 배틀그라운드와 가장 먼 지점에서 그것의 모든 걸 분석했어. 어쩌면 소외된 채로일지 모르지만, 이 세계는 둥글어서 자꾸 뒷걸음치다 보면 멀어지려는 것들과 등을 마주하게 되니까. 그렇다면 그녀는 등 뒤를 가장 잘 살피는 시인이 아닐까?

> 우리가 존재하는 곳에 원이 생기면 움직일 필요가 없지만, 원은 늘 우리 바깥에 존재하므로 우리는 뛴다. (…) 난 죽고 싶지 않다. 난 아프고 싶지 않다. 하지만 누군가 날 아픈 사람으로 생각해주는 건 좋다. (…) 어쩌면 너무 이해하고 있다는 게 병의 원인일지도 모른다고 생각이 말한다.*

---

* 「배틀그라운드-원」 p.30

이제부터 나는 그녀의 방식대로 나를 패러디해 볼까 해. 나를 패러디한 이야기 속에 오직 나만이 소외될 자신이 있는 거야. 나는 나를 해 본 적 없지만, 나는 나에게서 계속 멀어지고 있지만, 결국 나와 등을 딱 붙이고 서는 그날까지 뒷걸음질을 멈출 수는 없을 거야.

패러디의 가장 큰 특징은 원작의 클리셰라 할 수 있는 부분을 차용한다는 거야. 원작 하면 단박에 떠오르는 부분을 영리하게 이용하는 거지. 아마도 나라는 패러디물의 주된 클리셰는 자기연민일 거야. 그리고 거기엔 이런 불문율이 존재해.

1) 주인공은 남들 앞에선 잘 울지 않는 성격이지만, 울기 직전의 상태까지는 곧잘 간다.

1-1) 어쩌다 눈물이 터지면 참지 않되 마지막은 미소로 장식한다.

1-2) 자신 앞에선 눈물이 헤프다.

2) 주인공은 똑 부러지는 성격을 장착한다. 차가운 인상일수록 좋다.

2-1) 잠이 들면 표정도 벗겨진다. 맨얼굴을 들킨 적이 없다고 믿는다.

3) 주인공은 외출을 극도로 꺼리지만 자주 창문 앞에 서

있다.

3-1) 창은 되도록 넓고 그 너머는 너무 트여 있지 않으며
　　시야를 적당히 가리도록 건물이 배치되어 있다.

4) 주인공은 죽음 따윈 두렵지 않다고 생각한다.

4-1) 본인의 방어 기제를 본인이 모른다.

　문보영 시인의 캐릭터들은 가만히 있질 않아. 도망가거나 쫓거나 뒤따라가거나 기거나 엎드리거나 무기를 줍거나 살피거나 경계하며 있어. 속도가 0인 지점이 없는 거야. 이 시집에는 '탈출 속도°'라는 개념이 등장하는데 실제로 물리학에서 사용되는 개념이래.

　속도를 구하는 방정식을 나는 모르지만, 게임 속 캐릭터들의 탈출 속도만은 그냥 알 수가 있어. 그건 바로 전속력이야. 정확한 수치로 설명되지 않는 전속력, 그 자체야. 그리고 나의 패러디 또한 전속력을 다해 나를 떠나가고 있어. 나라는 중력에서 벗어날 수 있는 지점까지, 어쩌면 그 지점을 넘어서더라도 속도를 늦추진 않을 거야. 이 탈출이 영원히 멈추지 않을 거란 생각이 들어.

° 지상에서 쏘아 올린 인공위성 등이 무한히 먼 곳까지 가는 데 필요한 최소한의 초속도

나라는 패러디물을 가장 재밌게 시청할 사람은 아무래도 너 같아. 패러디를 패러디로 온전히 즐길 수 있으려면 원작에 대한 높은 이해도는 물론이고 이것이 패러디라는 사실을 인지할 수 있어야 하니까. 너무 슬픈 상황에서도 너무 슬퍼하지 않고 너무 심각한 상황에서도 너무 심각해지지 않는 그런 사람. 그리고 보기 좋게 별 한 개짜리 평점을 줄 사람 역시 너일 거란 생각이 들어. 아마도 이런 코멘트와 함께이겠지.

★☆☆☆☆

역시 원작이 낫네요! ㅉㅉ

그러면 나는 전속력 따윈 잊고 더없이 기뻐할 거야. 너의 촌철살인에 순수하게 패배할 거야. 그리고 그때의 패배는 문보영 시인이 이 시집에서 말하는 사랑의 모습과 많이 닮아 있을 거야. 바로 이렇게.

방해하는 것으로 사랑을 표현합시다

뒤로 다가가 발로 찹시다

너는 넘어지는 방식으로 세계에 포함되었습니다*

---

* 「배틀그라운드-송경련이 왕밍밍에 관해 쓴 첫 번째 보고서」 p.34

이슬

내가 나를 버릴 때

—

『조금 긴 추신을 써야겠습니다』

한수희(어라운드, 2020)

책을 만드는 과정 중에서 내가 가장 용감해지는 순간은 아직 아무것도 쓰지 않았을 때야. 이번에는 이런 걸 써 볼까? 예상 독자와 예상 목차를 생각하는 기획 단계. 모든 게 상상으로만 존재할 때는 보고 싶은 것만 볼 수 있어. 아직 아무것도 쓰지 않았기에 스스로의 부족함을 외면할 수 있고, 한계에 부딪히지 않았기에 더 큰 꿈을 꿀 수 있지. 그러다 보면 뻔뻔하게 이런 생각이 들기도 하는 거야.

아아, 난 정말 천재인가 봐…….

어쩌면 베스트셀러가 될지도 몰라! 이 책이 징검다리가 되어 평소 선망하던 작가들과 친분을 쌓을 수 있을지도 몰라!! 각종 강연이나 행사 섭외 요청이 빗발칠지도 몰라!!! 온갖 달콤한 상상으로 나를 꼬드겨 자리에 앉히면 본격적인 작업이 시작되지. 그리고 얼마 뒤 처참하게 깨닫는 거야. 그건 상상이 아니라 망상이었다는 사실을.

이런 것을 쓰고 싶다! 이런 것을 만들고 싶다! 이런 것이 있다면 얼마나 좋을까! 골방에서의 즐거운 상상과 기획의 단계를 거친 후 실전에 뛰어들었을 때, 우리를 가장 괴롭히는 것은 이런 질문들이다. 왜 나까지 써야 하는가? 왜 나까지 만들어야 하는가? 왜 종이를 낭비

해야 하는가? 이게 다 무슨 소용인가? 심지어는 더 대
단한 것을 만들어야 한다는 자기검열의 잣대에 짓눌려
아무것도 하지 못할 때도 있다. 그러다 결국은 내 것이
아닌, 남의 것을 흉내 낸 데 불과한 결과를 향해 달리
고 있다는 사실을 깨달을 때도 있다.

_p.83~84

글을 쓰면서 나는 스스로에게 자주 배신감을 느껴. 내가
나에게 친절한 건 딱 첫 문장을 쓰기 전까지만이거든. 첫 문
장을 쓰고 나면 나는 텃세를 부리는 상사처럼 나를 못살게
굴어. 기획 단계까지만 해도 영원한 내 편이 되어 줄 것처럼
굴어 놓고는 막상 응원이 필요한 순간이 되면 매정하게 등을
돌리는 거야. 등만 돌리면 다행이지. 이 심술궂은 상사가 작
정하고 사사건건 꼬투리를 잡기 시작하면 정말 괴로워.

그게 진짜 네가 하려던 이야기가 맞아? 그 이야기에 어
떤 의미가 있는데? 이거 지난번에 좋다고 했던 책이랑 좀 비
슷하지 않아? 사람들이 정말 이런 글을 좋아할 거라고 생각
해? 넌 나무한테 미안하지도 않니? 이딴 식으로밖에 못 쓸
거면 차라리 그냥 안 쓰는 게 낫겠다.

그러면 나는 세상에서 가장 잔인한 오디션 프로그램에

참가한 풋내기 가수 지망생이 된 것만 같아. 무섭기로 악명 높은 심사위원들은 다리를 꼬고 앉아 심드렁한 표정으로 나를 바라보고, 나는 입술이 바짝바짝 마르는 걸 느끼며 떨리는 목소리로 노래를 시작해. "그만! 그게 아니잖아!" 누군가 버럭 호통을 치지 않을까 겁내면서. 어디론가 도망치고 싶다고 생각하면서.

> *영화를 만들며 나이 든 여자들, 스스로 생계를 꾸려 나가는 여자들, 자신만의 세계를 만들며 살아가는 여자들, 모든 나이 든 여자들. 이 여자들 역시 종종 용기를 잃을 것이고, 좌절할 것이고, 우왕좌왕할 것이다. 잘못된 선택을 내리기도 했을 것이고, 그 선택을 책임지고 수습하며 살아가고 있을 것이다.*
>
> *_p.87~88*

그럴 때면 너에게 메시지를 보내.

야, 나 아무래도 망한 것 같아.

너는 일단 웃지. 화면 가득 ㅋㅋㅋㅋ을 남발하면서. 그러면 나도 따라 웃어. 도대체 뭐가 웃긴 건지는 모르겠지만 이 상황이 그냥 웃겨서. 그렇게 한참을 웃으며 실없는 농담을 주고받다가 네가 말하기 시작해. 내가 아직 망하지 않았다고 생각하는 이유를.

너는 알아. 내게 필요한 게 무엇인지, 내가 어떤 말을 듣고 싶은지. 너도 이렇게 스스로의 재능을 의심하며 쓴다는 공감, 결국 잘 해낼 거면서 엄살 부리지 말라는 타박, 일단 일어나서 밥부터 먹으라는 위로.

그러면 나는 그제야 안심해. 이게 아주 익숙한 패턴처럼 느껴져서. 나는 늘 그래 왔듯 망했다고 생각하면서 결코 망하지 않을 거야. 독설을 퍼붓는 내 안의 못된 상사를 이겨 내고 마지막 문장에 마침표를 찍을 거야. 지난주에도 그랬고 지난달에도 그랬듯. 그렇게 매일의 위기를 넘어 또 한 권의 책을 완성하겠지.

우리처럼 대범하지 못한, 평범한 보통 여자들이 자신의 한계에 끊임없이 직면하면서도 끝내 만들어낸 것들, 그들이 이뤄낸 것들을 볼 때마다 용기가 솟는다. 작은 나침반을 손에 쥐고 작은 용기를 징검다리 삼아 한 발짝씩 걸어가고 있다.

_p.88

어떤 일을 계속하기 위해 필요한 건 재능이 아니라 끈기 같아. 그리고 끈기는 용기로부터 오는 것 같아. 엉망이라고 생각하면서도 계속할 용기, 형편없는 결과물을 마주할 용기, 부끄러워도 도망치지 않을 용기, 다시 처음으로 돌아가 마음에 들지 않는 부분을 고칠 용기.

계속 무언가를 만드는 사람으로 살아가려면 망할 것 같다는 두려움을 잘 이겨 내야 해. 이미 망한 것 같은 순간에도 나만은 끝까지 나를 버리지 않아야 해.

용감하지 못한 창작자가 스스로를 버릴 때. 그럴 때 그를 구하는 건 가까이 있는 동료들이야. 나는 이제 알아, 그들 역시 대범하지 못한 사람이라는 걸. 나처럼 자주 넘어지고 길을 잃으며 각자의 목적지를 향해 걷고 있다는 걸. 제 발에 걸려 넘어지는 바보 같은 사람들이 서로의 용기가 되는 순간이 나는 참 좋아.

나는 앞으로도 너를 믿고 마음껏 넘어질 거야. 내일이면 다시 일어날 걸 알면서도 괜히 한번 엄살을 부려 볼 거야. 그럴 때마다 너는,

ㅋㅋㅋㅋㅋㅋㅋㅋㅋ

지금처럼 그렇게 웃어 주면 돼.

이
슬

편지7.

신이 내게 등을 보일 때

—

『i에게』

김소연(아침달, 2018)

누군가 내게 신의 존재에 관해 물으면 나는 대답해.

"저는 유신론자이고요. 무교입니다."

신을 이야기할 때, 나는 믿음을 제할 수 있어. 그것은 믿음의 문제가 아니기 때문이야. 그는 그냥 있어. 매일, 매 순간, 나와 마주 본 채로.

어릴 때, 사촌 동생이 있는 외삼촌 댁으로 놀러를 가면 나는 꼭 한 조각씩 레고를 훔쳤어. 그건 사촌 동생 거였는데 레고를 쌓아서 마을을 짓는 거였어. 마을엔 기찻길도 있고 소방차도 있고 마당이 넓은 단독주택도 있고 인형들이 사는 집도 있고. 나는 종일 동생이랑 레고를 주물렀어. 레고가 담긴 상자엔 레고 회사가 만든 마을이 떡하니 인쇄돼 있었는데 우리는 그거랑 제일 비슷한 구석이 없는 마을을 지으려 애썼지. 그래 봤자 기찻길과 소방차와 마당이 넓은 단독주택과 인형들이 사는 집이 있는 마을인 건 다름없는데 말이야.

내가 훔친 레고 조각은 다양했어. 집을 짓는 데 쓰는 아주 작은 벽돌이거나 기찻길의 나사 같은 거. 가끔은 소방차나 인형의 집에 있는 조그만 금고 속 보석을 훔치기도 했는데 그런 건 티 안 나게 훔치기가 어려웠어. 그래서 내내 동생이 잠시 자리를 비우길 기다렸지.

왜 훔쳤냐고? 글쎄. 동생 반응이 궁금해서였나. 마을의 반응이 궁금했을지도. 그런데 동생은 모르더라. 불을 끌 소방차가 없는데, 잘 달리던 기차가 어느 구간에서만 자꾸 삐걱거리는데, 집이 휘청이는데, 금고 속이 텅 비었는데도 모르더라. 내가 도둑질에 재능이 있던 걸까? 내가 훔친 것들에 대한 마을의 입장이 그저 그랬던 걸까?

미국에서는 상대방이 재채기를 하면 이렇게 말해 준대.
God bless you. 신의 은총이 있기를.
여기에는 여러 유래가 있는데 내가 제일 좋아하는 이야기는 영혼에 관한 거야. 중세 그리스도인들은 재채기를 하면 영혼이 잠시 육신을 떠난다고 믿었대. 그러면 그 순간 주변을 배회하던 악마가 그 영혼을 노리러 온다고. 그래서 영혼을 빼앗기지 않으려면 신의 은총을 바라는 수밖엔 없었대. 귀엽지? 그들의 용의선상에 신은 없었나 봐.

외투를 벗듯
너를 벗어서 내려놓는다
비로소 내가 된 것 같지만

너는 나를 보다가 더듬더듬 나를 만졌다

외투였네,

하고선 나를 찾으러 이 놀이터를 나가버렸다*

　모두가 놀이터를 떠난 사이, 내 외투만 여기 남았어. 이곳
은 신이 지은 마을이야.

　그가 마을에 불을 내면 나는 재빠르게 양동이를 이고
가서 물을 부어. 소방차는 누가 훔쳐 갔거든. 그가 건넛마을
로 심부름을 보내면 나는 그곳까지 몇 시간이고 걸어가. 선
로의 작은 나사 하나 때문에 기차가 쓸모없어졌거든. 그가
물건을 찾기 시작하면 나는 쉽게 누명을 써. 물건은 이미 사
라지고 없어서.

　있지. 너나 나처럼 오직 자신 앞에서만 눈물이 헤픈 사
람은 실은 대단히 착각하고 있는 거야. 내가 우는 걸 나뿐이
모른다고. 그런데 있지. 여기는 신이 지은 마을. 그는 그냥 있
어. 본인 시야에 날 포함한 채로. 그러면서 재밌어하는 거야.
내가 우는 거, 짜증 내는 거, 화내는 거, 궁금해하는 거, 피로
워하는 거, 잠 못 드는 거, 체하는 거, 간지럼 타는 거, 속는
거. 이 모든 게 그에겐 흥미로운 리액션일 테니까.

────────
* 「누군가」 p.20

　　　　　　　❦　　　　　　　　(이슬)

나는 성실한 장난감이야. 제일 재미있는 장난감은 아니더라도.

제일 재미있는 장난감은 금방 싫증이 날 수 있는 장난감이기도 해. 그런데 성실한 장난감은? 한숨에 한숨을 겹쳐 쉬면서, 어제 한 못된 생각을 오늘도 이어 하면서, 미움에 미움을 더하면서. 나는 오늘도 성실히 그의 시야 속에 있어. 외투의 면적을 계속 키우면서일 거야.

재채기가 나올 순간을 기다리지만 아무래도 너무 먼일 같아. 혹여 그런 순간이 오더라도 아무도 내게 신의 은총을 빌어 주지 말아야 할 텐데. 영혼이 영원히 날 떠나가게 내버려 둬야 할 텐데.

마실 것을 건네주듯 농을 건넨다
목을 축이는 자에겐 목청을 높였던 흔적이 있다는 걸
아냐고 묻는다

창밖을 보다가
너는 유리창을 본다

창밖은 똑같고 유리창은 매번 다르다

네 손가락이 지나간 자리도 오래 간직해준다

그리고 너에게 그걸 보여준다

(…)

목젖이 훤히 보이도록

너는 고개를 젖히며 웃는다

*머쓱해진 얼굴로 신이 우리 곁을 떠난다**

실은 마을 같은 건 언제든 부술 수 있었어. 집으로 돌아갈 시간이 가까워지고, 자리를 비웠던 동생이 돌아오면 우리는 사이좋게 마을을 없앴어. 누구의 허락 없이도 기찻길을 찢고 집을 반으로 가르고 인형들을 해산시켰지. 그리고 아무 일도 없던 것처럼 잘게 부순 레고를 상자에 담았어. 훔친 레고를 도로 그 안에 집어넣으며 뚜껑을 꽉 닫았어.

드디어 외투를 벗은 내가 첫 재채기를 하면 누군가 그러겠지. 갓 블레스 유. 신의 은총이 있기를.

그러면 그가 아주 천천히 내게서 등을 돌릴 거야.

나는 웃고 있을 거야.

---

* 「쉐프렐라」 p.36

이슬

믿음 없이 하는 기도

—

『준최선의 롱런』

문보영(비사이드, 2019)

누군가 내게 신의 존재에 관해 물으면 나는 대답해.

"저는 무신론자이고요. 어릴 때 세례를 받았습니다."

신을 이야기할 때, 나는 믿음을 제할 수 없어. 내게 그것은 너무도 분명한 믿음의 문제이기 때문이야. 아무리 노력해도 그가 존재한다는 걸 믿을 수 없어. 어떤 날에도, 어떤 순간에도.

엄마는 어느 날 갑자기 성당에 나가기 시작했어. 아마 내가 아홉 살이 되던 해였을 거야. 공무원을 그만둔 아빠가 퇴직금을 헐어 공인중개사 시험을 준비했을 때. 그러니까 쓰리룸 아파트에서 투룸 다세대주택으로 이사한 지 2년이 다 되어 가던 무렵에.

종교에는 관심도 흥미도 없었던 엄마가 세례를 받고 나니 다음은 내 차례였어. 영문도 모른 채 엄마 손에 이끌려 성당이라는 곳에 처음 발을 들였어. 기온이 점점 올라가 한낮에는 제법 더운 봄이었는데 이상하게 입구에 들어서자마자 공기가 서늘해지는 느낌이 들었던 기억이 나.

그날부터 매주 일요일마다 주일학교에 나갔어. 그러면서 알게 됐지. 세상에는 수학 학원보다 따분한 곳이 있다는 사

실을. 세례를 받기 위한 과정은 생각보다 체계적이고 복잡했
어. 온갖 기도문을 외우고, 성경 공부를 하고, 연극을 올리
고, 성가를 따라 부르고. 어떤 날에는 쪽지시험 비슷한 걸 치
르기도 했어.

어른들 말을 잘 듣는 모범생답게 그 모든 과정을 착실하
게 해냈지만 믿음만큼은 마음대로 되지 않았어. 보이지 않는
것을 믿는 능력은 어느 정도 타고나는 게 아닐까? 잘은 모르
겠지만 일단 나에게는 그런 재능이 없는 것 같아.

> 나는 우리에게 불행을 예비하는 자들이 어떤 불행이
> 우리에게 가장 걸맞고 최적인지, 그러니까 어떤 불행을
> 줘야 우리가 제대로 무너질지를 어떻게 아는지 궁금하
> 다. 최적의 불행에 관한 개인별 목록이라도 있는 것인
> 가? 하늘에는 내면 스캔 장치 같은 게 있어서, 어떻게
> 해야 우리가 고꾸라지는지 다 아는 것일까? 이거 일종
> 의 개인 정보 침해 아닌가?
> _p.108~109

사실 나는 신을 간절히 믿고 싶었어. 마음 놓고 원망할
존재가 필요했거든. 도대체 나한테 왜 이러는 거냐고. 내가

뭘 그렇게 잘못했냐고. 하필이면 왜 이런 불행을 주는 거냐고. 누구라도 붙들고 따져 묻고 싶은 순간이면 신을 믿는 이들이 부러워졌어.

모든 게 신의 뜻이라고 생각하면 내게 닥친 불행을 충분히 납득할 수 있을까. "신은 언제나 우리가 견딜 수 있을 만큼의 고통만 주십니다." 세상의 이치를 깨달은 사람처럼 자비로운 얼굴로 그렇게 말할 수 있을까.

여름방학이 되자 성당에서는 1박 2일짜리 캠프가 열렸어.

첫째 날, 저녁 식사를 마치고 성전에 모여 기도를 하는데 갑자기 내 옆자리에 앉은 여자애가 훌쩍거리기 시작하는 거야. 나는 깜짝 놀라 물었어. 왜 그래? 너 어디 아파? 집에 가고 싶어서 그래? 그 애는 계속 고개를 저었어. 그러다 손등으로 눈물을 훔치며 이렇게 대답했지.

기도하다 보면 그냥 눈물이 나.

그날 밤, 낯선 잠자리에 누워 깜깜한 천장을 올려다보며 생각했어. 내게는 믿음이 없다고. 나 같은 사람은 죽었다 깨어나도 그런 믿음을 가질 수 없을 거라고.

성당에만 가면 외로웠어. 거기에는 아주 많은 사람들이 있었는데. 그곳의 어른들은 모두 나를 예뻐하며 좋은 말만 해 줬는데. 그들이 상냥하고 다정하게 내게 신의 은총이 있기를 빌어 줄 때마다 한 발짝씩 그들의 세계 바깥으로 밀려나는 기분이 들었어. 엄마도 마찬가지였는지 성당에 가지 않는 일요일이 잦아졌어. 우리는 그렇게 세례를 받은 무신론자가 되었지.

> 그래서 이따금 나는 거래 기도를 한다. 일종의 협상을 체결하려는 목적으로 하는 기도인데 '그건 건드리지 마시고… 차라리 저에게 가난을 주십쇼'랄지 '그건 건드리지 마시고… 차라리 독방에 3개월간 가둬 두세요' 따위의 협상 기도이다. 내 정신이 허락하는 예산 범위 안에서 불행을 교환을 해보자는 외교 전략이다.
> _p.109

그때 엄마는 어떤 마음으로 성당에 찾아갔을까. 평생을 무교로 살아온 사람에게 왜 갑자기 종교가 필요해졌을까. 삶의 모양을 바꾸면서까지 엄마가 믿고 싶었던 건 무엇이었을까.

바퀴벌레가 나오는 좁은 집, 끊어진 고정수입, 무서운 속도로 바닥을 드러내는 통장 잔고, 언제 끝날지 알 수 없는 아빠의 수험 생활, 우리 남매가 자랄수록 커지는 학원비, 새벽 두 시가 되어서야 끝나는 독서실 야간 총무 일, 엄마 없는 밤이 싫어 매일 울다 잠들었던 나······.

머리에 하얀 미사포를 쓰고, 두 손을 모아 깍지를 끼고, 가만히 눈을 감고. 아직 젊은 엄마가 조용히 기도하는 모습을 상상해. 엄마는 신과의 협상 테이블에 어떤 불행을 올려놓았을까. 다른 불행들을 기꺼이 감수하고서라도 절대로 겪고 싶지 않았던 단 하나의 불행은 과연 어떤 것이었을까.

나는 이제야 그런 것들이 궁금해.

서른을 다 살고 나서야 이런 생각을 해.

신의 존재를 믿지 않는 사람은 그를 원망할 수 없어. 내 정신이 허락하는 예산 범위 밖의 불행이 들이닥쳐도, 급소를 찔려 매번 제대로 무너져도 그에게 거래를 제안할 수 없어. 그래서 자꾸만 스스로를 원망하게 돼. 아무도 원망하지 않는 건 너무 어려운 일이라서.

엄마는 아마도 삶을 부탁하고 싶었을 거야. 신이 없다면 그를 만들어서라도, 믿음이 없다면 그걸 흉내 내서라도. 우리를 더 나쁜 쪽으로 데려가지 말라고 기도했을 거야. 신 같은 건 없다고 말하는 내가 그럼에도 가끔 손을 모으는 것처럼. 주일학교에서 배운 성호 긋는 법을 아직까지 기억하고 있는 것처럼.

무슨 수를 써서라도 지키고 싶은 것들이 위태로울 때, 신의 존재를 믿지 않으면서도 나는 기도해. 믿음 없이 하는 기도에는 소망만 가득해. 내게는 신이 없고, 그래서 나는 믿음 없는 기도를 하면서도 마음껏 뻔뻔해질 수 있어.

이 기도를 너의 신에게 전해도 될까.
갓 블레스 유. 네가 첫 재채기를 할 때.

이
슬

편지9.

심해어에게도 심해가 심해라면

—

『나는 오늘 혼자 바다에 갈 수 있어요』

육호수(아침달, 2018)

❦

이슬

순자 씨가 날 동네에서 제일 큰 스포츠센터의 수영반에 등록시킨 건 어쩌면 예상 가능한 일이었어. 그맘때쯤 난 폐렴을 달고 살았거든.

일단 병원에 입원하면 일주일이고 이 주일이고 계속 있어야 했어. 나는 기관지가 약했고 순자 씨는 그게 다 자기 탓 같았지. 어린 난 왜 아픈 주삿바늘을 손등에 매달고 있어야 하는지, 어째서 마음대로 바깥에 나갈 수 없는지, 이해하지 못하는 거투성이였어. 그래서 매번 자지러지게 울었어. 한번 울음이 터지면 땀을 뻘뻘 흘리며 몇 시간이고 울었댔어. 울면 열이 나는데, 열이 나면 정말 큰일인데. 중·고등학생 딸들을 둔 제법 능숙한 엄마였던 순자 씨도 그때만큼은 어쩔 줄을 몰랐어. 내가 그녀 보란 듯이 더 크게 울어 버리는 통에 순자 씨는 매번 죄인이었어.

그러니 그녀가 내 손을 잡고 수영장으로 들어선 건 어쩌면 정말 예상 가능한 일이야. 순자 씨는 수영모 바깥으로 삐쭉 나온 내 머리칼을 정성스레 정리해 주며 속으로 기도했대. 앞으로 병원에 드나드는 일 따윈 없게 해 주세요.

그렇게 얼떨결에 수영을 삼 년이나 배웠어. 그러면서 순

심해어에게도 심해가 심해라면

자 씨의 기도도 이루어진 거야. 내가 더는 폐렴으로 고생하지 않았거든. 감기에도 잘 걸리지 않았고. 그리고 정확히 그때부터 나는 바다가 무서워지기 시작했어. 절대 바다에는 들어갈 수 없게 된 거야.

심해 공포증이라고 들어 봤어? 고소 공포증, 환 공포증, 광대 공포증, 주사 공포증…… 별의별 공포증이 다 있는 줄은 알았지만 심해 공포증에 관해선 잘 몰랐어. 정말 들어 보지도 못한 공포증이었는데 어쩌다 알아 버린 거야. 엄청나게 아름다운 해양 다큐멘터리를 보다가.

카메라는 바다의 신비에 관해 설명하다가 블루홀을 비췄어. 블루홀은 바다의 싱크홀이라고 불리는 거대한 구멍 같은 거야. 유난히 움푹 파인 지형 탓에 급격히 수심이 깊어져. 아주 푸른 물이 동그란 모양으로 나 있다면 그곳이 바로 블루홀인 셈이야.

나는 티브이 화면 속 블루홀을 보자마자 고개를 돌렸어. 그 깊이를 알 수 없는 푸른 물에 엄청난 공포심이 들었거든. 심장이 마구 뛰었어. 리모컨으로 채널을 돌리고 싶었는데 온몸이 얼어서 그럴 수가 없었어. 그리고 나는 지금 내가 느끼는 이 낯선 공포의 출처를 기억해 냈지.

그날은 내가 마지막으로 출전한 수영대회 날이었어. 대회 때는 경기가 열리는 수영장도 꽤 중요하게 작용하는데 그날은 처음 가 보는 곳이었어. 그리고 수심이 무척 깊은 곳이었지. 보통은 발이 닿거나 거의 닿을 정도의 수심에서 경기를 치르는데 딱 봐도 너무 물이 파랬거든. 그런데 그런 걸 신경 쓸 겨를이 있나. 도무지 진정되지 않는 마음으로 점프대 위에서 출발 신호를 기다렸어. 물안경을 쓰고, 허리를 굽히고, 두 손을 점프대 위에. 그러고 나면 내 눈에 보이는 건, 물밖에 없어. 곧 내가 떨어질 물. 내가 잠길 물.

출발을 알리는 총소리와 함께 물속으로 뛰어들었어. 얼마간의 잠영을 끝내고 이제 본격적으로 헤엄을 쳐야 했는데 뭔가 잘못됐단 생각이 들었지. 물속이 이상하리만큼 까맸거든. 분명 눈을 떴는데 마치 눈을 감고 있는 것처럼.

수영장 바닥엔 각 레인마다 T 자 문양이 그려져 있는데, 선수들은 이 문양으로 본인의 레인을 구분해. 헤엄을 치면서 앞을 보기가 힘들기 때문에 바닥의 문양을 따라가며 레인을 지키는 거야. 이 문양은 수영장 끝에 다다르기 전에 끊기는데 그걸 보고 턴을 하기도 해. 문양이 끊기는 지점에서 턴을 하면 자연스럽게 발로 벽을 차며 레인을 되돌아갈 수 있거든.

심해어에게도 심해가 심해라면

그런데 그날은 그 문양조차 잘 구분되지 않았어. 아주 자세히 보아야만 간신히 더 짙은 부분을 알아차릴 수 있었어. 나는 완벽하게 겁을 먹었지. 그래서 절대 해서는 안 될 짓을 해 버린 거야. 눈을 감은 채로 수영했거든.

그날 내가 몇 등을 했는지 알아? 2등. 나는 도 대회에서 2등을 했어. 반짝거리는 은메달을 목에 걸고서 수영을 관둔 거야. 그날 이후로 지금까지 단 한 번도 수영다운 수영을 해 본 적 없어.

있어야 할 것들이
있어야 할 곳에 있는 방 안에서
기다리다가
뭐라도 해야 할 것 같아서 아팠다

일어나는 척
일어나지 못하는 척

나 여기서 지낼 거야[*]

---

[*] 「루어」 p.16

그날 그 물속에서 나는 눈을 꼭 감은 채 헤엄쳤어. 눈을 뜨면 검은 물이, 눈을 감으면 텅 빈 어둠이. 레인을 확인하느라 아주 잠깐씩 실눈을 떴는데 그때마다 울고 싶었어. 검은 물속에서 뭔가가 꼭 튀어나올 거 같았거든. 그래서 텅 빈 쪽을 택한 것 같아. 아무것도 없으면 아무것도 나오지 않으니까. 그런데 그날의 기억은 진짜였을까?

가끔은 내가 뭔가를 대단히 오해하고 있단 기분이 들어. 지나치게 파란 물, 깊은 수심, 까만 바다. 이런 건 애초에 없던 게 아닐까. 내가 다 만들어 낸 거라면? 내가 가진 공포를 설명하기 위해 그것들이 필요한 거라면? 필요에 의한 기억이라면?

심해어 중에는 시력을 상실한 물고기도 있대. 빛이 거의 들지 않는 심해에서는 시력이 그다지 쓸모 있지 않아서일 거야. 깜깜한 바다와 아무것도 보이지 않는 어둠을 구분하는 일이 그들에겐 의미 없는 일일지 몰라. 태어난 곳이 심해라면, 태어나 보니 심해라면 말이야.

그런데 나는 살다 보니 심해였어. 출발선을 떠나 보니 심해였고 열심히 헤엄쳤는데 심해였어. 그렇다면 더더욱 눈을 감아서는 안 됐는데. 아주 조금 더 짙은 바다와 그렇지 못한 바다를 끝까지 구분해야 했는데.

수영은 숨 쉬는 법을 배우는 스포츠야. 숨 쉬는 그 당연한 일을 처음부터 다시 배워. 어디에서 들이마셔야 하는지, 얼마나 들이마셔야 하고 언제까지 내쉬어야 하는지. 그리고 웃기게도 이 모든 건 숨을 참는 방법과 연관되어 있어. 그런데 숨을 참는 그 당연하지 않은 일은 아무도 가르쳐 주지 않아. 그냥 참는 거야. 그러면서 나는 이런 가정을 해 봐.

심해어에게도 심해가 심해라면……

심해어에게도 심해가 심해라면, 그래서 그들 역시 심해를 감당해야 하는 거라면, 이제 나는 동족의 마음으로 그들을 바라볼 용기가 생겨. 아무것도 없는 곳이 아닌 무언가가 있을지도 모르는 그곳을 향해 눈을 뜰 용기가 생기는 거야. 숨을 쉴 때도, 숨을 참을 때에도.

너무 많은 빛이 방에 쏟아 들어와 꿈에서 깨다

이런 일들을 정말 견딜 수 없었다면 이미 죽었겠지*

마침내 나는 내 몫의 바다를 지킬 수도 있어.

———
* 「포교」 p.34

생일 편지

—

『한 사람을 위한 마음』

이주란(문학동네, 2019)

작년 이맘때쯤 우리는 노을을 보러 갔었지. 네 생일을 일주일 하고 하루 앞둔 한글날이었어. 용산역에서 만나 늦은 점심 겸 이른 저녁으로 스키야키를 먹고 다섯 시가 되기 전에 동작대교로 향했어. 도착해 보니 전망카페 테라스는 이미 만석이 되기 직전이었지. 난간 쪽에 겨우 자리를 잡고 뜨거운 커피를 마시면서 일몰을 기다렸어. 테라스에 앉아 강바람을 맞기에는 추운 날씨였는데 그래도 아직은 가을인지 생각보다 해가 길었어. 그래서 뜬금없이 거기서 선물을 건넨 거야. 커피를 다 마셨는데도 아직 사방이 환해서.

색연필과 오일파스텔.

너는 알까, 사실 나는 그 선물이 부끄러웠다는 걸. 내가 정말로 주고 싶었던 건 그런 게 아니었거든. 하지만 그걸 들고 너를 만나러 갈 수밖에 없었어. 그건 내 최선이 겨우 이 정도라는 사실을 스스로 인정하는 일이기도 했어.

기억나?

한동안 네가 무기력의 늪에 빠져 있었을 때. 그래서 우리 함께 만나던 친구들 모임에도 나오지 않으려고 했을 때. 그래도 오라고, 늦게라도 마음이 바뀌면 와서 같이 놀자고. 약속 장소와 시간을 전달하면서 내가 했던 말.

"오늘 회비는 3만 원이야."

그때 내 체크카드에는 고작 6만 원이 없었어. 그래서 네가 몇 달째 아르바이트를 구하지 못해 불안해하고 있다는 걸 알면서도 돈 같은 건 신경 쓰지 말고 나오라는 말을 할 수가 없었어.

기억나?

엄마 수술 때문에 네가 며칠간 병원에 있었을 때. 보호자 역할을 하느라 지친 널 챙긴답시고 내가 뜬금없이 편의점 커피우유 기프티콘을 보냈던 거. 사실 처음에 골랐던 건 치즈케이크였어. 그걸 보내면서 순자 씨의 수술이 무사히 끝난 걸 축하해 주고 싶었거든. 하지만 결제 직전에 결국 취소 버튼을 눌렀어. 케이크 하나 살 돈이 없었던 것도 아니었는데. 만 원짜리 몇 장에 인색해지는 내가 참 싫더라.

어쩌면 너는 이미 다 잊어버렸을지도 모르지만, 기억하고 있더라도 중요한 건 마음이지 그런 게 아니라고 말하겠지만. 그런 일들은 아무리 쓸어 내도 어디선가 계속 나오는 깨진 유리 조각처럼 내 마음에 오래오래 남아서 자꾸만 나를 아프게 해. 한참이 지난 지금까지도.

정확하지는 않지만 일 년 좀 안 되어서 우리는 구십만
원에 피아노를 팔았다. 내야 할 집 월세가 없어서였다.
나는 시간이 날 때마다 돈에 대해 생각한다. 돈을 어떻
게 벌고 쓰는지가 아니라 그냥 돈이라는 것 자체에 대
해서…… 그냥 어떤 사람에 대해 생각하듯이……

_p.97

우리의 카카오톡 대화창에서 가장 큰 지분을 차지하는
건 돈 얘기지. 우리는 항상 돈이 없고, 그래서 틈만 나면 돈
에 대해 얘기해. 각자의 가난이 어떤 모양인지, 그게 우리를
어떤 식으로 비틀어 놓았는지에 대해.

너는 로또를 열심히 사잖아. 만약 1등에 당첨된다면 당첨
금을 어디에 어떻게 쓸 건지 구체적으로 상상하면서. 그런 얘
기를 들을 때면 나도 속으로 생각해. 그렇게 큰돈을 손에 쥐
게 된다면 내가 하고 싶은 건 딱 하나라고. 돈 생각을 하지 않
고 사는 것. 내가 돈을 통해 가장 얻고 싶은 건 바로 그거야.

저녁을 먹긴 해야 하는데 집 냉장고에 별게 없어서 마
트에 갔다. 음식을 잘 할 줄 몰라서 순두부와 순두부
찌개 양념을 샀다. 둘을 넣고 끓이기만 하면 되는 것 같

왔다. 파를 썰고 있는데 류서가 말했다.

이모, 이모는 가난하지?

아니?

엄마가 이모는 가난하댔어.

아니라니까?

그래서 책도 많이 읽지 말랬어.

그래, 니 마음대로 해.

언니를 이해하기 위해 가만히 이런저런 생각을 해본다.
_p.102~103

이슬아, 우리는 책을 많이 읽어서 가난해진 걸까?

그렇다면 나는 당장이라도 내가 가진 책들을 몽땅 내다 버릴 수 있어. 정말 그렇다면, 우리의 가난이 책 때문이라면. 텅 빈 책꽂이를 비석처럼 세워 놓고 평생 책 같은 건 거들떠보지도 않으며 살 수 있을 것 같아. 그게 그렇게 간단한 문제라면 얼마나 좋을까.

나는 알아, 세상에는 돈보다 중요한 게 아주 많다는 걸. 하지만 돈이 없으면 그것들을 하나씩 포기하게 된다는 것도 알아. 돈은 그런 식으로 소중한 것들보다 조금 더 소중해지고, 가장 중요한 것보다 조금 더 중요해지지.

그날, 동작대교 전망카페에서.

우리는 결국 우리가 생각했던 노을을 보지 못했어. 꼬박한 시간을 기다렸는데도. 잠시도 한눈팔지 않고 집중했는데도. 하늘은 푸르다가, 회색빛으로 점점 흐려지다가, 그냥 그렇게 그대로 깜깜해졌어. 뭐야, 이게 끝이야? 아름다운 주황빛으로 물든 하늘을 기대했던 우리는 맥이 풀린 채로 다시 용산으로 돌아와 빵을 먹고 헤어졌지.

그날 나는 일기에 이렇게 썼어.

노을 없이 지는 해는 가난해 보였다.
가난한 풍경을 바라보는 가난한 우리가 조금 지긋지긋했다.

그리고 1년이 지나 다시 10월에 도착했어. 우리는 여전히 가난하지만 그래도 마음만큼은 그때보다 한결 여유로워진 것 같아. 나는 아주 오랫동안 돈이 미웠거든. 나의 가난이 서럽고 부끄럽고 억울했거든. 하지만 이제 그런 마음을 버리려고 해. 달콤하고 안락한 자기 연민에서 벗어나 반듯한 마음으로 더 나은 미래

를 바라보고 싶어. 내가 가진 작은 돈을 미워하지 않고 소중히
여기며 그걸 잘 지키고 키우는 방법도 차근차근 배우고 싶어.

> 나는 그때 류서에게 뭐라고 대답했으면 좋았을지 생각
> 해보기로 했다.
> 정신을 차려보니 이모는 벌써 서른이 넘어 있었어. 이
> 모는 향수나 버터 같은 걸 마음대로 살 수는 없지만 잠
> 을 잘 수 있는 방세와 각종 공과금, 그리고 교통비와 통
> 신비까지 스스로 내고 살아. 아무 때나 와서 쉬다 가는
> 네 할머니 집 월세도, 병원비도 다 내 차지란다. 너 어
> 디 커서 나만큼 사나보자.
> _p.113~114

너의 서른 번째 생일을 축하하며 약간의 돈을 보내. 이
돈으로 향수는 살 수 없겠지만 버터 정도는 살 수 있기를. 저
건 도대체 뭘로 만들었길래 저렇게 비싸냐고 우리 매번 놀라
는 마담로익 크림치즈도 먹어 보기를.

그리고 언젠가 너무 멀지 않은 미래에,

기억나?

그래도 우리 그 시절을 무사히 지나 여기까지 왔어.

다시 동작대교 전망카페에 앉아 그런 말을 하는 날이 오기를 기도해. 그때는 분명 아주 근사한 노을을 구경할 수 있을 거야.

생일 축하해. 끈질기게 살아남아서 우리 꼭 부자 할머니가 되자.

이
슬

편지11.

영환아 나 오늘 생일이야

—

『이런 얘기는 좀 어지러운가』

유계영(문학동네, 2019)

영환아. 나 오늘 생일이야.

이렇게 적으니 우리가 한 교실에 있는 것만 같아. 나는 창
가 자리일 거고 영환이는 뒷문에서 제일 가까운 자리 그리
고 다정이 너는 나랑 영환이 사이 그 어디쯤이겠지.

너는 나한테 물을 거야. 이거 영환이한테 전해 줘? 그럼
나는 그러겠지. 네 마음대로 해. 너는 꽤 난처한 표정일 거야.
날 원망할지도 몰라. 이런 결정을 왜 내게 떠넘기느냐고. 그
러다 결심할 거야. 전해 주지 말아야겠다. 이 편지는 죽을 때
까지 우리만 알아야겠다.

얼마 전엔 우리 학원 학생 하나가 갑자기 복통을 호소해
서, 위경련인지 장염인지 제대로 걷지도 못해서 아이 부모님
께 연락을 드렸더니 회사에서 근무 중이시던 아버님이 단박
에 학원으로 오셨더라고. 조금 놀라셨는지 두 뺨이 붉어진
채로 말이야.

막상 와서 보니 아이 얼굴이 생각보다 괜찮아서였는지
그제야 좀 웃으면서 그러시더라. '우리 애 좀 데려가겠습니
다.' 그러면서 아이를 옆구리에 꼭 끼고 가셨어. 아버님이 키
가 막 큰 것도, 체격이 막 좋은 것도 아녔는데 그냥 되게 커

이슬

보이시더라. 처음부터 그렇게 태어난 것처럼 아이가 옆구리에 꼭 맞아서는. 딱 맞는 부품처럼.

> 잘 붙어 있던 포스트잇이 툭 떨어진다
> 잘사는 줄 알았는데 돌연 뚝 떨어지는 사람처럼[*]

아마도 그때 내 마음속에서도 무언가가 툭 하고 떨어진 것 같아. 확 끊기면 좋을 텐데 끊기지는 않고 그냥 뚝 떨어지기만 한 거야. 발을 헛디딘 사람처럼. 마음은 사방이 절벽이라서.

그리고 내 절벽에서는 이런 일이 일어나. 자기 아빠는 트렁크 차림으로 집 안을 활보한다고 친구가 그랬거든. 그래서 물었지. 그럴 때 네 기분은 어때? 그랬더니 친구가 눈이 동그래져서 묻는 거야. 무슨 기분? 나는 본격적으로 더 물었어. 그러면 너희 집 베란다에는 네 속옷이랑 아빠 속옷이랑 같이 널려 있는 거야? 그렇대. 생리대도 화장실에 그냥 두고 쓰고? 응. 그렇대. 그런데 나는 정말 궁금했거든. 그런 게 가능한지. 이런 내 태도가 친구는 좀 불쾌했을지 몰라. 걔가 그러더라고.

"이슬아. 아빠잖아."

---

[*] 「개와 나의 위생적인 동거」(p.30)

대화는 매번 거기에서 끝나. 이슬아. 아빠잖아.

나는 이 말이 꼭 외계어처럼 들려. 도통 이해가 가질 않고 앞으로도 그럴 것 같아. 아빠인 게 뭔데? 그래서 그게 어떻다는 건데?

계속 잊고 살면 좋을 일들이 있어. 잊고 있다는 감각까지도 흐릿했으면 하는 기억들이 있는 거야. 그런데 언제 내 마음이 내 마음대로 됐던 적이 있나.

나는 가끔 주머니가 찢어진 외투를 걸치고 외출하는데도 그러고서 돌아온 내가 아무것도 잃어버리지 않았다는 사실이 끔찍할 때가 있어. 창문을 단단히 걸어 잠가도 여름밤이면 모기에 시달리는데.

어째서 이런 일이 가능한 걸까. 다정아. 이런 얘기는 좀 어지러운가.

영환이는 언젠가 내가 잠깐 좋아했던 남자애 이름 같아. 어쩌다 걔를 좋아하게 됐는지, 그래서 걔랑은 어떻게 됐는지. 이런 건 다 까먹고서 어쩌다 영환이란 이름과 마주치게 되면 그 자리에 잠시 멀뚱히 서 있게 되는 거야. 걔하고의 기억을 떠올리려 애쓰다가 아 참, 우린 떠올릴 기억이랄 게 없지, 깨닫게 되는 순간까지 가만히.

> 내가 도착하지 않는다 운동화와 뿔테안경이 도착한 지
> 한참 지났지만 내가 도착하지 않는다 가발과 속눈썹이
> 찰랑찰랑 내려앉은 지 오래됐지만 내가 도착하지 않는
> 다 손발톱과 치아가 후드득 쏟아진 후에도 내가 도착
> 하지 않는다 가슴과 엉덩이, 눈동자와 눈빛이 뭉개진
> 후에도 내가 도착하지 않는다 전봇대마다 실종 전단이
> 들러붙은 후에도 나는 도착하지 않는다 내가 나를 지
> 나가버린 것을 끝까지 모른다*

생일 파티는 생일 파티에 초대된 사람이 모두 도착해야
끝낼 수 있어. 그래서 내 생일 파티는 동네의 한 햄버거 가게
에서 테이블을 서너 개쯤 붙이고 거기서 맛볼 수 있는 모든
햄버거와 음료를 주문한 채 누군가 저 문을 열고 들어오기
를 내내 기다리던 아홉 살에 멈춰 있어. 서른 살의 내가 긴
초가 세 개 꽂힌 케이크의 불을 후- 하고 불 동안 아홉 살의
나는 짧은 초 아홉 개가 꽂힌 케이크의 불을 계속 끄지 못하

---

* 「나는 미사일의 탄두에다 꽃이나 대일밴드, 혹은 관용, 이해 같은 단어를 적어
  쏘아올릴 것이다.」(p.72)

고 있어.

　그래서 이 편질 영환이한테 전해 주느냐고? 글쎄.

　이런 얘기나 하는 이 편지가 실종 전단 같은 거라면 좋겠
어. 아무도 아무것을 신경 쓰지 않으면 좋겠어. 그럼 다정이
너도 조금은 가벼운 마음으로, 절대 두 번은 읽지 않고 꽉꽉
구겨 쓰레기통에 버릴 수 있을 텐데.

　뒷문이랑 제일 가까운 자리는 쓰레기통이랑 제일 가까
운 자리이기도 해. 걔는 그걸 아는지 모르는지 여전히 나랑
제일 먼 그 자리에 앉아 있어.

　영환아. 나 오늘 생일이야.
　그리고 쓰레기통엔 이런 마음이 버려져 있어.

익숙한 오해

—

『우아하고 호쾌한 여자 축구』

김혼비(민음사, 2018)

어떤 날에 나는 문득 이런 생각을 해.

나는 왜 이렇게 친구가 없을까. 왜 누군가와 쉽게 친해지지 못할까. 왜 자꾸 사람을 놓치거나 잃게 될까. 그러니까 내 인간관계가 이 모양인 이유가 도대체 뭘까?

아마도 그건 내가 세 가지를 어려워하는 사람이기 때문일 거야.

연락과 장난, 그리고 말 놓기.

아프리카에서 가장 위험한 동물이 뭔지 알아?

처음 이 질문을 들었을 때 나는 사자나 표범을 떠올렸어. 그런데 아니야. 아프리카에서 인간을 가장 많이 죽이는 동물은 하마야. 평생 한곳에서 사는 하마는 영역에 대한 집착이 강해서 시야에 들어온 인간이나 다른 동물들을 가차 없이 죽여 버린대. 그건 먹잇감을 사냥하는 것과는 달라. 하마는 특수한 상황을 제외하고는 고기를 먹지 않는 초식동물이거든.

하마는 그냥 침범을 참을 수 없는 거야.

그리고 나는 한 번도 본 적 없는 아프리카 하마의 마음을 어쩐지 알 것만 같아.

누군가에게 연락해 안부를 묻고, 스스럼없이 장난을 치

고, 편하게 부르며 말을 놓는 것. 그런 것들은 결국 침범의 문제야. 교제와 침범은 필연적으로 함께일 수밖에 없어. 얼마간의 침범을 시도하고 허용하면서 사람들은 서로 가까워지니까. 아무도 아무것도 침범하지 않는다면 두 세계의 교집합역시 생길 수 없을 거야.

사람들은 말해, 내가 다정하다고. 그리고 또 말하지. 네가 좀 까칠하다고. 그런 말을 들으면 우리는 웃잖아. 몰라도너무 모른다면서. 나는 그냥 예의를 지키는 건데, 틈을 주지않으려고. 너는 그냥 애써 친절한 척하지 않는 건데, 가식을견디지 못해서.

처음 만난 사람에게도 쉽게 말을 놓는 너와 몇 년을 알고 지낸 사람에게도 꼬박꼬박 존댓말을 하는 나. 용건 없는연락을 길게 이어 갈 수 있는 너와 용건이 있어도 연락하지않는 나. 빈말을 잘 하지 않는 너와 언제 밥 한번 먹자는 말을 아무렇지 않게 하는 나. 종종 다른 사람의 삶이 궁금한너와 오직 내 삶에만 관심이 있는 나.

나는 다정하게 선을 긋고,
너는 무심하게 선을 넘지.

그러나 사람들이 보는 우리는······.

> 아웃사이드 드리블은 발 바깥쪽을 이용해서 새끼발가
> 락이 공 밑 부분에 살짝 들어가듯 차, 공을 밀어내며
> 전진하는 것을 말한다. 이 드리블의 최고 장점은 수비
> 수를 속일 때 아주 유용하다는 점이다. 이쪽으로 갈 것
> 처럼 몸을 기울여서 상대 선수가 덩달아 그쪽으로 몸
> 이 기운 틈을 타 반대쪽으로 휙 빠져나가기 좋기 때문
> 이다.
> _p.64

겉으로 보이는 우리의 모습은 아웃사이드 드리블 같은
걸지도 몰라. 내가 이런 사람이라는 걸 너무 쉽게 들키지 않
으려고 마음의 바깥쪽을 이용해 공을 힘껏 밀어내는 걸지
도. 그러다 상대가 덩달아 그쪽으로 움직이면 반대쪽으로 휙
빠져나가는 거야. 언제 그랬냐는 듯이.

잘 알지도 못하면서 내가 다정해서 좋다는 사람들이 싫
었어. 그런 말들이 내게 다정을 강요하는 것처럼 느껴졌거
든. 다정한 게 아니라 거리를 두는 건데요. 그렇게 대답하고
싶어서 입술이 간질거렸어. 그래서 네가 나를 놀리듯 다정이

라고 부르기 시작했을 때 그게 참 웃긴 별명이라고 생각했었어. 처음에는 분명 그랬던 것 같은데.

계속 듣다 보니 정이 들어 버린 걸까? 이제 나는 다정이라는 말이 예전처럼 싫지 않아. 생각해 보면 내가 다정해서 좋다는 사람들이 내게 건네준 다정이 나를 살린 순간이 있었어. 용기를 내서 서로의 세계를 한 발짝씩 침범했을 때 단조롭던 내 세계에 새로운 색이 입혀지기도 했어.

> 이런 측면에서 본다면 '오해 유발'이야말로 아웃사이드 드리블의 사명인 것이다. 물론 나의 아웃사이드 드리블은 그 사명에 지나치게 충실한 나머지 엉뚱한 사람을 오해하게 만들어 버렸지만, 그 오해 덕에 절대 안 될 것 같던 고비를 넘었다. 피치 위에서도 피치 밖의 세상에서도 우리는 끊임없이 오해를 만들고 오해를 하고 오해를 받고 오해로 억울해하고 힘들어하지만, 그래도 어떤 오해는 나를 한 발 나아가게 한다.
>
> _p.75

다정아.

네가 나를 그렇게 부를 때. 그렇게 부르며 한 번씩 내가 그어 놓은 선 안쪽으로 넘어올 때. 나는 잠깐 멈칫하다가 기꺼이 너의 다정이 되기로 해. 그 침범을 모른 척 눈감아 주며. 그러다 보면 말도 안 된다고 생각했던 일이 드물게 가능해지기도 해. 가끔은 하마의 영역에도 다른 동물들의 방문이 필요할 거야.

너를 통해 침범을 연습하며 나는 한 발짝씩 앞으로 나아가. 익숙한 오해를 거기 그대로 두고.

이
슬

편지13.

산책과 추월

—

『온갖 것들의 낮』

유계영(민음사, 2015)

그날은 전화를 끊자마자 눈물이 났어. 그래서 이불을 뒤집어 쓰고 엉엉 울었어. 아직은 가만히 있어도 땀이 삐질삐질 흐르는 늦여름이었는데 필사적으로 두꺼운 차렵이불을 뒤집어 썼어. 나를 포함한 그 누구에게도 들켜선 안 됐거든. 그건 너무나 미운 모습이었으니까.

전화의 주인공은 복실이었어. 복실이 알지? 내 대학 친구. 다정이 너만큼이나 소중한.

우리는 그날 정반대의 이야기를 나눴어. 휴학과 복학. 여름방학이었고, 1학기 기말고사를 치른 마지막 날에 나와 복실이는 다음 학기 휴학을 약속하며 헤어졌거든. 이대로 졸업할 수는 없다고, 막학기를 남기고 마지막으로 딱 한 번 더 휴학을 하자고.

그러니까, 이대로 졸업할 수 없는 건 나였어. 졸업 이후가 막막했거든. 졸업을 위해 필요한 토익 점수를 딸 자신도, 졸업 시험을 통과할 자신도 없었어. 그러니 유예라도 해 보자고, 내가 가진 건 시간뿐이라고. 그땐 그렇게 믿었어. 대신 혼자가 아닌 누구라도 같이 말이야. 그리고 그게 복실이였던 거야. 정확히 말하면, 복실이가 아닌 복실이의 유예가 내게 필요했던 거야.

결과적으로 복실이가 휴학을 하지 않기로 결정했을 때, 휴학이 아니라 졸업에 필요한 자격증과 영어 공부를 해 보겠다고 말했을 때, 내가 느낀 건 두려움이었어. 내가 유예하려는 게 졸업이 아니라 꼭 나인 것 같았거든. 내가 나를 미루는 동안 복실이를 포함한 다른 애들은 저만치 앞서갈 거라고. 우리 사이 간격이 계속 멀어질 거라고.

추월이라고 생각한 것 같아. 그건 추월이라고.

> 너는 영원을 믿어서 난처한 사람
> 불편한 믿음을 간직한 사람
> 천사의 왼 다리를 우려 마시면
> 지긋지긋한 수족냉증도
> 영원토록 따뜻해질 거라 믿는
> 순진무구한 팔다리로
> 영원히 우족탕이나 휘저을 사람[*]

이런 식의 믿음은 어째서 가능할까. 아마도 난 모두가 함

---

[*] 「생활의 발견」 p.24

께 불행한 쪽이 내가 덜 불행할 수 있다고 생각하나 봐. 순진하다는 말은 내게 너무 과분해. 다정이 너는 이런 나를 어떻게 버텼어?

재작년, 내 생일을 일주일 하고 하루 앞둔 한글날에 우린 동작대교에서 일몰을 봤어. 용산역은 너희 집에서나 우리 집에서나 한참인데 굳이 거기까지 가서 일몰을 본 거야. 그냥 그런 게 보고 싶었나 봐. 그때 우린 조금씩 망가져 있었으니까. 그런 서로를 꿋꿋이 모른 척하면서 말이야.

주위가 조금씩 어두워질 때쯤 너는 가방에서 네모반듯한 선물을 꺼냈어. 시뻘건 하늘을 기대했는데 마냥 어두워지기만 해서 아쉽던 찰나에 네가 내 선물을 꺼낸 거야. 덕분에 분위기는 반전됐지.

풀어 본 선물은 틴케이스에 담긴 색연필과 오일파스텔이었어. 그건 정말이지 뜬금없는 선물이었는데 멍한 기분도 잠시, 네 얼굴을 보고 웃을 수밖에 없었어. 너는 정말 너구나, 그런 생각을 하면서.

그때 그 선물이 부끄러웠다고 해서 나는 좀 놀랐어. 아마도 그건 네가 선물과 함께 준 아주 긴 편지 때문일 거야.

넌 이렇게 적었어.

'지나가는 말이었을지 모르지만, 지난번에 네가 핸드포크 타투 하고 싶다고 했을 때 내심 좋았어. 네가 뭘 하고 싶다고 말할 때 나는 안심해. 먹고 싶다, 하고 싶다, 보고 싶다. 그런 말들은 어쨌든 삶을 전제로 하는 거잖아. 그래서 일단은 안심하게 돼. 아무것도 하고 싶지 않다고 말할 때는 반갑고. 나도 대부분은 그런 상태니까. 살은 아니더라도 종이에 뭔가를 그리는 일이 너를 가끔 즐겁게 해 주면 좋겠어. 나중에 내 미래 고양이 찹쌀이도 그려 주라.'

나는 네게 몇 번 그랬어. 타투를 배우고 싶다고. 그리고 또 그랬어. 꾸덕꾸덕한 색연필이나 파스텔로 여러 색이 뭉개진 그림을 그리고 싶다고. 고백하자면, 그건 말버릇이야. 하고 싶다고 말하는 것 중에 내가 정말 하려는 건 몇 없어. 거의 없다고 봐도 무방해. 그런데도 네게 그렇게 말한 건 무언가를 하고 싶어 하는 내가 어떤 모습으로 보일지를 잘 알아서야. 하고 싶은 사람들은 반짝거려. 그게 무엇이든. 그건 내가 장담할 수 있어. 내가 시기하는 사람들 그래서 날 두렵게 하는 사람들이 바로 그런 모습이니까. 반짝반짝 빛이 나는.

그날 돌아오는 지하철 안에서, 손끝에 닿는 차가운 틴케이스의 감촉을 느끼며 나는 내내 이상한 기분이었어. 하고 싶음을 응원받았다는 기분. 그 낯선 기분. 정말 그런 게 가능하다면 지금 같지 않을까 하고. 그런데 어째서 네가 부끄러울 수 있어?

불가능해요 그건 안 돼요
간밤에 얼굴이 더 심심해졌어요

너를 나라고 생각한 기간이 있었다

몸은 도무지 아름다운 구석이라곤 없는데
나는 내 몸을 생각할 때마다 아름다움에 놀랐다
(…)
사람들은 하루를 스물네 마디로 잘라 둔 뒤부터
공평하게 우울을 나눠 가졌다
나는 나도 아닌데
왜 너를 나라고 생각했을까*

내가 무슨 말을 듣고 싶어 하는지, 별말 하지 않아도 네

---

* 「생각의자」 p.20

가 기막히게 알아서 우리가 꽤 닮아 있다고 착각한 적도 있었어. 내가 동굴 속에 들어와 있을 때, 네가 아무렇지 않게 내가 있는 곳까지 따라 들어오니까. 밖으로 나가자고, 환한 곳으로 가자고 보채지 않으니까. 어쩌면 우린 정말 꽤 비슷한 사람들이라 생각했는데. 그런데……

널 충분히 겪고 나서야 알았어. 넌 그저 내 하고 싶음을 응원하는 거라고. 나의 슬프고 싶음, 나의 울고 싶음, 나의 무너지고 싶음, 나의 약하고 싶음, 나의 관두고 싶음, 나의 끝내고 싶음, 나의 눕고 싶음, 나의 지고 싶음, 나의 탓하고 싶음, 나의 돌아가고 싶음, 나의 너무도 잘 살고 싶음.

있잖아. 사실 난 너를 나라고 착각한 적 없어. 그런 건 불가능하고, 그런 건 안 돼서. 대신 네가 내 옆에서 같이 빌빌거려 줬음 좋겠어서. 사이좋게 우울한 날엔 이상하게도 기운이 나서.

이 편지를 네게 보내고 나면 나는 또 한 번 이불을 뒤집어써야 할 거야. 다정아. 너는 나를 어떻게 견뎠어?

일주일에 두세 번은 집 옆 공원에서 산책을 해. 공원은 해가 지기 시작하면 여름이건 겨울이건 운동을 나온 사람들로 복작거리는데 그중엔 강아지와 산책을 나온 견주도 많아. 그러면 나는 매번 그들을 관찰해. 그들의 산책엔 공통점이 있거든.

그들은 나란히 걷지 않아. 그러지 못하는 게 더 맞는 표현 같아. 늘 누군가 앞서거나 뒤에 있으니까. 얼핏 보면 각자의 산책을 즐기는 듯한데 실은 서로에게 온 신경을 다 쏟고 있어. 느슨한 줄을 보면 그래. 강아지가 한자리에서 오래 냄새를 맡아도 줄을 잡아끄는 법이 없고, 주인을 제치고 앞서가다가도 뒤를 돌아보며 거리를 가늠해. 실은 강아지들이 앞서 걷다가 주인을 뒤돌아보는 건 여기는 안전하니까 와도 된다는 뜻이래.

앞서거니 뒤서거니 걷던 그들이 가끔은 겹치기도 하는데 이유는 모르겠어. 부러 보폭을 맞추는 건지 그냥 그렇게 되는 건지. 아무것도 중요하지 않아 보여.

아마도 몇 번은 더 네게 창피한 고백을 하게 될 거야. 답답한 이불 속에서 내가 날 견디는 동안 너는 늘 그래 왔듯 응원하겠지. 나의 숨고 싶음과 나의 확인하고 싶음, 틀리고 싶음까지도.

이슬

내가 너의 취향에 맞지 않는다는 이유로

결국 너의 바깥에 장롱처럼 버려질 것이라는 예감은

2인용 식탁처럼 물끄러미 불행해질 것이라는 예감은

모두 틀렸다[*]

망가진 채로 건강하게

—

『피아니스트는 아니지만 매일 피아노를 칩니다』

김여진(빌리버튼, 2018)

십 대 때 했거나 하지 않은 일 중에 후회되는 게 있어? 나는 너무 많아. 의사의 충고를 무시하고 매일 열다섯 시간씩 콘택트렌즈를 착용했던 것, 바른 자세로 앉는 습관을 들이지 못한 것, 필요 이상으로 다른 사람들의 눈치를 봤던 것, 여자애들의 어깨와 허벅지를 쓰다듬는 선생님을 모른 척했던 것, 열심히 쓴 다이어리를 모두 버린 것.

하지만 가장 후회되는 일은 따로 있어. 그건 바로 수학을 포기했던 거야.

이슬아, 너는 수학을 잘했어? 나는 중학교 때까지만 해도 곧잘 했어. 아직도 기억나는 건 문제집이야. 그때 우리 지역에서 공부 좀 한다는 애들은 모두 '하이레벨'이라는 문제집을 풀었어. 경시대회 대비용으로 나온 거라서 난이도 높은 문제가 많았거든. 학원 레벨 테스트를 잘 봐서 높은 반에 올라갔더니 그 문제집을 주는 거야. 그걸 너무 자랑하고 싶어서 일부러 학교까지 가지고 가서 책상에 올려놓곤 했었어. 유치하지?

수학과 멀어지기 시작한 건 고등학교 1학년이 끝나 갈 무렵이었던 것 같아. 2학년이 되기 전에 문과와 이과 중 하나를 선택해야 하잖아. 나는 고민조차 하지 않고 문과를 선택했어. 그건 내 친구들도 마찬가지였어. 특별한 계획이 있는 게 아니라면 여학생은 문과에 가는 게 일반적이었으니까. 여자애들은 원래 수학에 약해. 그런 말을 질리도록 들으며 자라서였을까? 이과를 선택한 여학생이 너무 적어서 이과반에는 여자가 많아야 다섯 명이었어.

뒤늦게 입시 미술을 시작한 뒤로는 수학을 아예 손에서 놓아 버렸어. 내가 지망하는 학교들은 수학 성적을 안 봤거든. 그렇게 1년을 보내고 3학년 첫 전국 모의고사를 봤는데 풀 수 있는 문제가 몇 개 없더라. 나중에 답을 맞춰 보니 17점이었어. 너무 충격적인 점수라서 잊을 수가 없어.

그리고 한참이 지나 '문송합니다'라는 말이 유행이 된 시대에 나는 생각해. 그때 만약 수학을 포기하지 않았더라면. 친구들과 헤어지는 걸 두려워하지 않고 혼자 용감하게 이과반에 갔다면. 그러면 나는 지금쯤 어떤 사람이 되어 있었을까?

어쩌면 말이야, 나는 꽤 잘했을지도 몰라. 가끔은 기계나 컴퓨터를 다루는 일이 더 적성에 맞았을지도 모르겠다는 생각을 해. 이것도 맞고 저것도 맞아서 결국 모두가 조금씩 틀릴 수밖에 없는 글쓰기보다. 나는 뭐든 분명하고 확실할 때 안심하는 사람이니까. 그래서 글을 쓰며 너무 자주 불안해지니까.

어렸을 때 내 보물 상자에는 작고 예쁜 장난감과 함께 맥
가이버 칼과 각종 드라이버, 라디오 펜치 같은 공구들이 들
어 있었어. 집에 있는 조그만 기계들을 분해했다가 다시 조
립하는 걸 좋아했거든. 가장 만만했던 건 휴대용 라디오였
어. 살짝만 건드려 볼까? 유혹을 참지 못하고 손을 댔다가
망가뜨린 것만 해도 여러 번이야. 엄마한테 혼나고 눈물을
찔끔거려도 그때뿐, 며칠 뒤면 다시 새로운 목표물을 탐색했
어. 그것도 경험인지 하다 보니 실력이 늘더라.

그러다 점점 간이 커져서 카세트 플레이어를 분해해 버
린 거야. 휴대용도 아니고 탁상용을. 다시 조립할 수 있을 줄
알았는데 아무리 해 봐도 부품 하나가 계속 남았어. 조금 있
으면 엄마가 집에 올 텐데……. 식은땀이 흐르기 시작했어.
결국 어쩔 수 없이 그대로 닫아 버렸어. 일단 모른 척 가만히
있다가 아무도 없을 때 다시 시도하려고.

그래서 그 카세트 플레이어는 어떻게 됐냐고? 잘 작동했
어, 아무 일도 없었다는 듯이. 아무것도 잃지 않았다는 듯
이. 그건 과연 어떤 부품이었을까?

모차르트 소나타 12번 F장조 1악장 제95마디. 전개부

가 시작되며 스포르찬도 피아노가 등장한다. 연습을 하다가 연필을 집어 들고 스포르찬도 피아노 바로 옆에 '살살 세게'라고 적는다. 힘을 실어야 하는 건 맞지만 흐름상 무턱대고 쾅 쳐서는 안 된다는 걸 명심하려고 급하게 적은 건데 아니, 살살 누르면서 세게 치라니.

_p.275~276

살살 세게. 이론적으로는 공존할 수 없는 말들이 나란히 놓여 역설을 만드는 순간을 나는 좋아해. 고요히 소란한 밤, 슬프게 기쁜 마음, 밝은 그늘, 차가운 열정. 온전하지 못한 내 카세트 플레이어는 그 뒤로도 아주 오랫동안 온전하게 작동했어. 고장 난 것도, 그렇다고 고장 나지 않은 것도 아닌 상태로. 끝내 제자리에 돌려놓지 못한 부품은 어딘가에 숨겨 뒀는데 나중에는 그게 어디였는지 까먹어 버렸어.

사람도 마찬가지야. 몸에서 장기 하나를 떼어 내도 겉보기엔 멀쩡하게 살아갈 수 있어. 맹장 수술이나 신장 이식 수술을 받은 사람을 한눈에 알아볼 수 없는 것처럼. 위를 전부 잘라 내도 일상생활이 가능한 것처럼. 불완전한 몸으로 우리는 너무도 완전하게 살아 있을 수 있어.

집에서 혼자 술을 마시다가 만취해 잠들었던 몇 해 전
어느 겨울날. 새벽 5시 반에 일어나 출근을 준비하며,
잘 살고 싶다는 생각을 되뇌던 때. 나약하기 짝이 없어
쉽게 휘청거리고 흔들리면서도, 혼란스러운 가지들 다
쳐내고 나면 남은 본연의 내 모습은 건강함일 거라는
마음이, 맨 바닥을 파내고도 더 깊은 곳에 묻혀 있음을
알았다.

_p.276~277

너는 알지. 내 마음에서 아주 커다란 부품 하나가 빠져
있었던 시절을. 겉으로는 그 누구보다 반듯했지만 보이지 않
는 가장 중요한 무언가가 부서져 버렸던 나를. 그때 나는 아
침에 일어나서 밤에 잠들 때까지 하루 종일 죽고 싶다는 생
각만 했어. 잠에서 깨 눈을 뜨면 또 새로운 하루가 시작된다
는 사실이 매일 두렵고 원망스러웠어.

하지만 그 시절에도 평소와 다름없이 지냈어. 출근해서
돈을 벌고, 돈을 쓰고, 같이 일하는 언니들과 웃고 떠들며
빵을 나눠 먹고, 좋아하는 노래를 들으며 퇴근했지. 내일이
없기를 간절히 바라면서 오늘 눈에 들어온 예쁜 운동화를
가지고 싶었어. 미래를 상상하지 못하면서 매일 꼼꼼히 가계

부를 쓰고 저축을 했어. 그런 역설이 가능하더라. 웃기고 슬프게.

그 시절을 통과하는 내내 나는 네게 말했지. 이슬아, 그만 살고 싶어. 이슬아, 사는 게 지긋지긋해. 이슬아, 나는 왜 사는 걸까? 이슬아, 삶을 잠깐 로그아웃할 수는 없을까.

네가 물었지. 너를 어떻게 견뎠냐고. 있지, 그건 내가 묻고 싶은 말이야.

이슬아. 너는 나를 어떻게 견뎠어?

왜 그때 나한테서 도망치지 않았어?

사실 나는 말하고 싶었던 것 같아. 살고 싶다고. 건강한 마음을 가지고 나도 잘 살아 보고 싶다고. 내일이 오는 게 두려운 게 아니라 내가 내일을 버리게 될까 봐 두렵다고. 이 세계에서 멀어지지 못하도록 나를 꽉 붙잡아 달라고.

아무래도 병원에 가서 상담을 받아 보는 게 좋지 않을까? 네가 조심스럽게 말을 꺼냈을 때, 이상하게 속이 후련해지더라. 마침내 인정받은 기분이었거든. 나의 괜찮지 않음을, 나의 망가짐을, 나의 위태로움을, 나의 아픔과 슬픔을. 사람들은 모두 내게 괜찮다고 했는데. 그 정도면 잘 살고 있는 거라고 나를 위로했는데. 아니라고, 너 지금 하나도 괜찮지 않다고. 내게 필요했던 건 바로 그런 말이었나 봐.

분해는 쉽지만 조립은 어려워. 지금까지 내가 망가뜨렸던 모든 기계가 그랬어. 이제 그 이유를 알 것 같아. 분해는 사적인 일이지만 조립은 공적인 일이기 때문이야. 하다가 막히면 손을 들어 도움을 요청해야 하는 일. 혼자서는 너무 오래 걸려서 자꾸만 포기하고 싶어지는 일.

그 시절 내게 왔던 책과 노래와 영화들. 무기력한 와중에도 맛있었던 빵과 세 번이나 구경했지만 결국 사지 못했던 운동화. 그리고 그 지겨운 이야기를 처음부터 끝까지 들어주었던 너. 대책 없이 분해되어 제대로 작동하지 못했던 내 마음을 차근차근 다시 조립해 준 건 그런 것들이었어. 나는 그것들에게 삶을 조금씩 빚졌어.

하지만 그 시절을 지나 지금 여기에 도착한 건 수없이 부서지고 흔들리면서도 끝끝내 나를 놓지 않았던 과거의 내가 있어서라고. 나는 뻔뻔하고 배은망덕하게 가장 큰 트로피를 나에게 줄 거야. 그럼에도 잘 살고 싶은 마음을 버리지 않았던 나에게. 망가진 채로 건강하게 긴 터널을 빠져나온 나에게.

나, 그래도 되지?

흐름상 센 폭풍과 여린 물결이 묶인 스포르찬도 피아
노가 존재했을 뿐이다.

대단히 망가져 있으면서도 틀림없이 건강할 수 있다.

_p.277

이
슬

편지15.

Hey, Joe!

—

『시 창작 스터디』

이다희(문학동네, 2020)

안녕, 조!°

이건 다정이한테 쓰는 편진데 어쩌다 보니 네 이름을 부르며 시작해. 안녕, 조!

여기 사람들은 종종 네 소식을 궁금해해. 종종도 아니야. 거의 매일이고, 널 그리워하는 데 꼬박 하루를 다 쓰는 사람도 있어. 나는 그들에게 연민을 가지고 싶지 않지만, 딱히 가지지 않을 수도 없을 만큼 그들은 절실해 보여. 네 흔적을 찾는 일에 완전히 매몰됐달까. 그런 면에서 넌 짓궂은 구석이 있어. 있었던 자리를 말끔히 치우는 법이 없으니까. 누구든 손쉽게 널 떠올릴 만큼, 딱 그만큼씩 너를 흘리고 가니까.

요즘도 그래? 불가능이 불가능한 세계도 있다고, 그곳으로 같이 가자고 막 꼬시고 그래? 마음을 챙길 틈도 없이 맨발로 따라나서게 만들고는 얼마 가지도 못해서 길을 잃고 그래? 그때에도 여전히 가능세계가 있다고 믿고 그래? 그곳에는 밤이 사라진 지 오래라고, 모두가 낮처럼 환하고 상기된 얼굴을 가졌다고 자랑하고 그래? 널 따라나선 사람이 울기도 전에 네가 먼저 울고 그래? 우리가 널 위로할 때까지, 실은 나 때문이라고 너무 쉽게 믿은 것도 앞장서지 않은 것도

이슬

끝내 너를 따라 주저앉은 것도 다 내 잘못이라고 고백할 때까지 울음을 그치지 않고 그래?

우리가 울지도 못할 때, 너 혼자 도망가고 그래?

앤티크 가게 사장

……입만 열면 거짓말을 한다고 해도 그 사람 어느 날 갑자기 진실을 말할 수도 있잖아. 나는 그 사람이 그런 식으로 무서워. 오르골 속 세상이 좋다고 깨고 그 속으로 들어갈 수 없는 거잖아. 오르골은 그냥 돈 주고 사는 거야. 그게 예의야. 그래도 뭐 화가 나면 뭐라도 잡고 던져야지. 그 사람 애인은 있나?

(…)

우울한 S

아뇨. 내 머릿속에서, 내 머릿속에서 그 정도 방을 만들어놓고 생각들에게 제한된 생활을 주고 싶어요. 생각을 전혀 안 할 순 없고 운동도 시키고 맛이 없지만 제시간에 나오는 음식을 먹이고……*

---

* 「스크립트」 p.47

조. 나는 자주 겁이 나. 네가 진실을 이야기할 때, 내가 그걸 모른 척하게 될까 봐. 어젯밤에도 난 네 이름을 다르게 불렀는걸. 헤이, 기쁠 조! 기뻐할 조! 기쁜 조! 깊은 조!

조급함을 떨치지 못하는 것이 네가 가진 증세라고 털어놨을 때, 다수의 깊은 기쁨이 무너지는 소릴 조, 너는 들었을까? 그러면서 넌 덧붙였지. 깊은 기쁨 없이는 깊은 우울 역시 없다고. 다만 울창한 수풀이거나 울창한 슬픔.

너무 많은 마음이 우거지는 게, 빼곡한 숲의 한가운데를 벗어날 수 없는 게 저 너머의 증세라면 우리는 허무를 알 것도 같아서 밝은 척하는 게 지겨워서 조, 너를 따라 숲으로 도망쳤을까. 가능할 것 같은 세계를 가능세계라 믿으며 우리는 두 뺨이 붉었는데.

나는 이상적이란 말과 회의적이란 말을 동시에 들어. 사람들은 내게 마음이 단단하다 말하면서도 염세적인 면이 있다고들 해. 고등학교 일학년 담임 선생님은 내게 간곡히 부탁하기도 했어. 이슬이는 웃을 때랑 웃지 않을 때가 너무 달라. 괜찮다면 많이 웃어주겠니?

담임 선생님께 받은 첫 편지가 저렇게 끝나버려서 나는 줄곧 웃었던 것 같아. 괜찮은지 괜찮지 않은지는 나중의 일

이슬

이고 늘 딴생각에 빠진 채였어. 실은 아무 생각도 없었는데. 그냥 마음을 감당하고 있는 거라고.

조, 한때는 너를 나라고 착각한 적도 있었는데. 네 옷을 걸치면 누구에게나 보기 좋은 나일 수 있어서 더는 찜찜한 편지를 받지 않아도 됐었는데.

왼손을 다친 게 슬퍼할 일인지 모르겠어. 실은 모두가 후천적 오른손잡이인 거라고. 마음이 다치면 마음의 먼 곳으로, 울지 못해서 쏟는 웃음에도 속는 사람은 있듯이.

그러나 조, 무기력한 얼굴을 지우려 새 얼굴을 준비할 일이 이제는 없겠다.

> *바닥에 닿지 않는 커튼이 계속 아름다운 직물의 모습*
> *을 보여줄 때*
> *그것은 정말 바닥과 무관한 일이 되는 것일까**

우리는 단지 한 묶음의 색종이를 가질 뿐이어서, 이번 시간 미션은 가지고 있는 색종이를 모두 이용해 오르골을 완

---

* 「포춘 쿠키」 p.14

성하는 것. 오르골 속 세상이 마음에 든다면 깨고 들어와도 좋아. 그러면 우리는 생활이 될 테지. 고조되거나 범람하지 않고, 깊은 기쁨 없이는 깊은 우울 역시 없다는 네 말을 뒷받침하고 싶지만 어쩐지 그 말엔 동의할 수 없고.

색이 없는 것도 하얀색이라면 모든 색종이는 선천적 양면인 셈. 그렇다면 마침내 조, 네가 들어온 틈을 닫지 않으며, *바람 때문에 창문이 덜컹거린다. 창문을 조금 열어놨더니 더 이상 소리나지 않는다.*[*]

울창한 슬픔이 한순간 조용해지네.

---

[*] 「새벽 네시 삼십분의 알람」 p.59

º조울증은 조증과 울증이 번갈아 가며 나타나는 정신 질환으로 조증의 조는 조급할 조(躁), 울증의 울은 답답할 울, 울창할 울(鬱)을 사용한다.

◀   (이슬)

현의 미래

—

『양의 미래』

황정은(아시아, 2015)

『아무도 아닌』

황정은(문학동네, 2016) 수록작

코끝에 닿는 밤공기에서 짙은 풀 냄새가 났어. 간간이 불어오는 바람은 시원했고 테이블 위에는 갓 튀겨져 나온 치킨과 차가운 맥주가 놓여 있었지. 1학기 종강을 기념하는 회식 자리답게 모두 약간씩 들떠 보였어. 수와 윤과 나만 빼고.

삼총사처럼 늘 붙어 다니던 우리는 마지막 한 학기를 남겨 놓고 나란히 휴학을 결정했어. 수는 호주로 워킹홀리데이를 떠난다고 했고, 윤은 하고 싶었던 영어 공부에 매진할 거라고 했어. 나는 학원에 다니면서 취업을 위한 자격증을 딸 계획이었지.

그날의 진짜 안주는 치킨이 아니라 수였어. 첫 잔을 반쯤 비우자 오빠들은 본격적으로 수에 대해 떠들기 시작했어. 호주 체류 경험이 있는 여자들은 열이면 열, 백이면 백 호주 남자 경험도 있대. 내 여자친구나 동생이었으면 절대 가만 안 뒀지. 때려서라도 뜯어말렸을 거야. 그 말을 들은 남자 동기들도 낄낄대며 한마디씩 거들었어. 호주에서 살다 온 여자는 결혼정보회사에서도 안 받아 준대요, 형.

"남의 일에 관심 되게 많네. 제가 알아서 할게요."

참다못한 수가 굳은 얼굴로 쏘아붙이고 화장실에 다녀오겠다며 자리를 떴어. 윤과 나는 불쾌한 기색을 감추려고

괜히 김빠진 맥주만 들이켰어. 우리는 정말이지 이런 식의
대화에 진절머리가 났어.

수가 사라지자 다음 타자는 자연스럽게 내가 됐어.
"너는 휴학하고 뭐 할 건데?"
"자격증 딸 거예요. 졸업하면 바로 취업하려고요."
"어디, 영화사?"
"아뇨, 저는 영화 안 해요. 디자인 회사 들어가려고요."

그때였어. 팔짱을 끼고 뒤로 기대앉아 내 말을 가만히 듣
고만 있던 조교 M이 끼어든 건.

"뻔하지, 뭐. 강남 어디 조그만 회사 들어가서 몇 년 일하
다가 비슷한 남자 만나 결혼하겠지. 결혼해서 애 낳고, 애 키
우느라 일 관두고. 다 그래, 전문대 나온 여자애들 다 그렇게
살아."

나는 원래도 기억력이 좋은 편이지만 그날 그 순간은 좀
이상하다 싶을 정도로 선명하게 기억해. 거의 10년이 지난
지금까지도. 그 말을 하던 M의 표정과 확신에 찬 말투, 그날

밤 우리가 앉아 있었던 치킨집 야외 테이블의 색깔과 김빠진 맥주의 맛까지 전부 다.

따지고 보면 그게 욕은 아니었는데. 사회생활을 하다 보면 별의별 사람들을 만나 온갖 말을 다 듣게 되잖아. 서비스직으로 오래 일하며 본격적인 악의가 담긴 말도 숱하게 들어봤지만 어째서인지 나는 그 말을 들으며 가장 큰 모욕감을 느꼈던 것 같아.

> 한국어로 '양'은 미혼 여성을 부르는 말로 이름이나 성(姓) 뒤에 붙여 사용한다. 요즘은 흔하게 사용되지는 않는 듯하지만 내가 지금보다 어렸을 때만 해도 일상에서, 텔레비전에서, 자주 듣고는 했던 호칭이다. 양, 이라는 호칭엔 어떤 어감이 있다고 나는 생각한다. 무슨 무슨 양, 이라고 불렸던 그녀들에 관한 공통된 인상을 내가 가지고 있다고 해도 좋을 것이다. 전경(前景)이나 중심으로 부각되는 일 없이 가장자리나 배경 어딘가에 잠깐 나타나거나 지나가는 여자들. 일하는 여자아이들.
> _아시아 p.78

빠르게 현실을 파악하고 눈을 낮춘 덕분인지 졸업을 몇

주 앞두고 바로 취직을 했어. 역삼동에 있는 작은 광고대행사의 운영팀 막내 자리였어. 그곳에서는 모두가 하루에 열두 시간씩 일했어. 새벽까지 야근을 하고 신사역에서 막차를 기다릴 때면 문득문득 그 말이 머릿속을 스쳐 지나갔어.

"뻔하지, 뭐. 강남 어디 조그만 회사 들어가서……."

어떡하지, 나는 방금 전까지 강남 어디 조그만 회사에서 일하다 왔는데. 내 인생이 M의 말대로 흘러가고 있다는 사실이 소름 끼치게 실감 났어. 그렇다면 나는 이제 나와 비슷한 남자를 만나게 될까? 결혼해서 아이를 낳고, 그 아이를 키우느라 일을 그만두게 될까? M의 말처럼 그렇게. 다 그렇게 산다니까 나도 그렇게.

한참이 지나고 나서야 깨달았어. 그때 M에게 우리는 수와 윤과 현이 아니라 양이었다는 걸. 우리가 졸업해 학교를 떠난 후에는 또 다른 양들이 나타나 그 자리를 채웠을 거야. 교내의 자잘한 사건이나 행사에서 우리는 단 한 번도 전경으로 부각된 적 없었어. 늘 가장자리나 배경 어딘가에 잠깐 나타났다가 흔적도 없이 사라졌지. 개 한 마리로 몰 수 있는 순한 양들처럼 조용히, 무해하고 무력하게.

아마도 나는 보편의 양이 되는 게 두려웠던 것 같아. 그래서 M이 예고한 미래로부터 아주 멀리 도망치고 싶었던 게 아닐까. 필사적으로 도망치다 보니 여기에 도착했어. 일주일에 사흘은 글을 쓰고, 사흘은 경기 북부의 한 대형마트 농산 코너에서 파인애플을 파는 서른에. 이제 나는 12월에 연말정산을 하는 대신 5월에 종합소득세 신고를 하는 프리랜서야. 결혼 생각은 절대로 없고, 아이를 낳아 키우는 일은 죽어도 없을 거야.

나의 오늘은 M이 예고했던 미래와 너무도 다른데. 그런데 왜 아직도 그 말을 잊지 못하는 걸까? 왜 여전히 양으로 존재하는 기분이 들까?

맑은 날도 흐린 날도 유리 너머에 있었다. 햇빛은 하루 중 가장 강할 때에만 계단을 다 내려왔다. 유리를 경계로 바깥은 양지, 실내는 어디까지나 음지였다. 수많은 형광등 불빛으로 서점은 좀 지나치다 할 정도로 밝았으나 조도가 질적으로 달랐다. 나는 뭐랄까, 창백하게 눈을 쏘는 빛 속에서 햇빛을 바라보는 일이 많았다. 어느 날의 일인지는 분명하지 않다. 오후에, 유리를 통해 노랗게 달아오르고 있는 계단을 바라보다가 저 햇빛을 내 피부로 받을 수 있는 시간이 하루 중에 채 삼십분도 되

지 않는다는 것을 알았다. 햇빛이 가장 좋은 순간에도
나는 여기 머물고 시간은 그런 방식으로 다 갈 것이다.
_아시아 p.34/문학동네 p.48

어제는 점심때쯤 소나기가 쏟아졌다는데 나는 그걸 아주 나중에야 알았어. 내가 일하는 마트의 식품매장은 지하에 있어서 바깥의 사정을 전혀 알 수가 없거든. 낮도 밤 같고 밤도 낮 같은 매장에서 기계처럼 파인애플을 썰고 있으면 날씨 같은 건 전경의 일이라는 생각이 들어. 배경에는 날씨가 없고, 날씨가 없어서 계절도 없고, 계절이 없어서 달의 감각도 없어. 나는 햇빛이 가장 좋은 순간에도 변함없이 여기 머무를 거야. 시간은 그런 방식으로 다 가 버릴 거야.

현의 미래는 다를 줄 알았는데. 달라야만 했는데.

그게 마음처럼 쉽지 않아서 대신 글을 써. 글을 쓰는 동안에는 양이 아니라 현으로 존재하는 기분이 들거든. 내가 주인공인 글 속에서 나는 고유한 서사를 가진 고유한 사람이 돼. 그럴 때의 나는 누구에게도 가려지지 않고 앞으로 앞으로 나아갈 수 있어. 배경에서 전경으로, 가장자리에서 중심으로.

나는 여전하다. 여전히 직장에 다니고 사람들 틈에서
크게 염두에 두지 않을 정도의 수치스러운 일을 겪는
다. 못 견딜 정도로 수치스러울 때는 그 장소를 떠난 뒤
돌아가지 않는데, 그런 일은 물론 자주 일어나지는 않
는다. 다음에 다른 동네로 이사를 가게 되면 그 동네에
도 아카시아 나무가 많기를 소망하고 있다. 그러나 아
카시아가 단 한 그루도 없는 동네에 살게 되더라도 나
는 별 불편 없이 잘 적응해갈 것이다.
나는 여전하다.

_아시아 p.72/문학동네 p.61~62

나는 여전해. 내일도 아침이 되면 마트 지하의 식품매
장으로 출근해 해가 질 때까지 파인애플을 썰고 또 썰겠지
만……

못 견딜 정도로 수치스러울 때가 오면 여기를 떠나 돌아
오지 않을 거야. 양은 몰라도 현이라면 충분히 그럴 수 있을
것 같아. 그리고 언젠가 M을 다시 만난다면 이렇게 말해 줄
거야. 당신이 예고한 미래는 어디에도 없다고. 수도 윤도 나
도, 양의 미래가 아닌 우리 각자의 미래를 살고 있다고.

이
슬

편지17.

왜 짐을 나눠 들어요

—

『무구함과 소보로』

임지은(문학과지성사, 2019)

얼마 전 꾼 꿈 얘기를 해 볼까.

꿈속에서 나는 내가 좋아하는 사람이랑 그 사람 집에 같이 있었어. 정확히는 그 사람 침대 위에. 분위기가 그려지지? 오늘을 절대 잊을 수 없을 것 같은 그런 일이 막 그 사람과 나 사이에 일어나려 하는 찰나에 내 휴대폰이 울렸어. 띠리링- 띠리링- 우리는 자석의 같은 극을 쥔 사람들처럼 순식간에 멀어졌지. 내게 전화를 건 사람이 누군지도 모르고 마구 미웠어.

"여보세요."

전화를 받았더니 걘 거야. 날 오랫동안 좋아한 애. 얘가 뭘 알고 전화를 한 건지 아니면 그냥 타이밍이 그랬던 건지 헷갈리던 차에 걔가 그러더라.

"이슬. 부피 구하는 공식이 뭐더라?"

세상에. 대뜸 전화해서 한다는 말이 부피라니. 게다가 난 문과잖아. 얘가 날 놀리는가 싶어 되물었어.

"뭘 구한다고? 부피?"

"응. 부피. 나는 지금 내 방의 부피를 구해야 해. 도와줘."

사실 부피를 재는 건 너무 쉽거든. 가로, 세로 그리고 높이를 곱하면 그게 바로 부피야. 걔 방의 바닥엔 그 바닥에 딱 맞는 원이 그려져 있는데 누가 봐도 완벽한 원이야. 그럼 문제는 더 쉬워져. 원의 지름을 두 번 곱하고 거기에 방바닥에서부터 천장까지의 높이를 곱하면……

그 쉬운 문제를 걔는 이해하지 못했어. 계속해서 원의 반지름만 구했거든. 그게 아니라고, 지름을 2로 나누지 말라고, 아무리 말해도 소용없었어. 분위기는 진작에 식고 내가 좋아하는 그 사람이 내 시야에서 사라질 동안 왜 자꾸 나누냐고, 나누지 좀 말라는 말만 계속하다가 꿈에서 깼어.

사칙연산 중에서 제일 나중에 배우는 건 나누기야. 마음의 준비를 단단히 하라는 듯이 나누기는 제일 마지막 장에 웅크리고 있어. 그리고 나는 나누기를 못하는 학생이었지.

어려운 게 아녔어. 못하는 거였어. 이해할 수 없었거든. 빼면 되지, 왜 나누지? 무엇을 나누지? 어째서 나누어지지? 그걸 어떻게 믿지? 의문이 끊이지 않았어.

나는 기모입니다, 겨울에 유행하는

후드티나 바지 안을 긁어서 만든 보풀입니다

왜 짐을 나눠 들어요

멀쩡한 것을 조금 망가뜨리면 내가 됩니다[*]

사람에게서 사랑을 뺄 순 있어도 사람을 사랑으로 나눌 순 없잖아. 나한테서 너를 뺄 순 있어도 나를 너로 나눌 수는 없듯이. 살아감에서 희망을 빼면 희망 없이 살아가는 거지만 살아감을 희망으로 나누면 그건 그냥 온전치 못한 거잖아. 다들 그런 식으로 보풀이 되는 걸까? 망가지는 것으로 뭔가를 나누는 방식에 다들 동의한 걸까?

꿈속에 등장한 두 남자를 나는 현실에서도 알고 있어. 특히 내게 전화를 건 남자애에 관해선 꽤 잘 알고 있지. 그 애는 본인의 결핍을 누구보다도 잘 알고 또 수긍해. 절대 피하는 법이 없고 그래서 그 자릴 메우려 하지 않아. 대신 본인이 할 수 있는 다른 걸 더 채우려 노력하지. 보는 내가 다 안쓰러울 만큼.

그런데 조금만 유심히 그 애를 관찰해 보면 그 애의 방식이 너무도 건강하다는 걸 알게 돼. 걔는 자주 집으로 사람을 초대해서 밥을 해 먹여. 대단한 반찬은 없더라도 정성껏 요리하고 그걸 맛있게 먹는 사람들을 보며 기뻐해. 나도 언젠

---

[*] 「아무것도 아닌 모든 것」 p.48

가 그 집에 초대돼서 그 애가 차려 준 밥을 먹은 적이 있는데 그날 걔가 그랬어. 내 어떤 점이 자긴 무척 부럽다고, 닮고싶다고. 나는 속으로 생각했지. 나는 널 닮고 싶은데.

> 문이 되는 연습이 끝나지 않았는데
> 누군가 나를 열고 들어온다
> (…)
> 어른이 되는 연습 없이
> 어른이 된 아이들은
> 마음을 자전거처럼 문밖에 세워두었다[*]

아마도 그런 식으로 꿈이 끝나지 않았다면 그 애는 결국 자기 방의 부피를 구했을까? 나는 확신할 수 있어. 걔는 뭔가를 계속 나누는 방식으로 답을 찾았을 거야. 늘 문 바깥에 마음을 세워 두는 나와는 달리 자기만의 방을 여러 마음으로 나누면서, 텅 빈 방에 사람들을 초대하면서 말이야.

어제의 방은 두 명분의 부피였습니다.

오늘의 방은 열세 명분의 부피입니다.

내일의 방은 가득 찬 부피이겠습니다.

나누기를 모르는 사람은 나밖에 몰라 보여. 그런데 나밖에 모르는 사람은 아주 높은 확률로 나마저도 잘 모르는 사람이야.

어떤 사람들은 꿈을 이어서 꾸기도 한대. 그런데 나는 한 번도 그런 적이 없어. 이어질 이야기가 남아 있지 않아서가 아니라 이어져야 할 이야기를 내가 이미 알고 있어서일 거야.

3 나누기 1은 3, 48 나누기 12는 4. 이미 정해진 답을 내가 모른다면 정해지지 않은 답 정도는 이제 알고 싶어. 그래서 내가 정할 수 있는 답 정도는 말이야.

다음 계절엔 꼭 널 내 방에 초대하고 싶어. 우린 겨울형 인간이니까, 날이 추워지면 조금은 활동력이 높아지니까.

다정아. 기분 좋게 추운 날에 내 방으로 놀러 와. 그리고 도와줘. 내 방의 부피를 재는 일에 네가 꼭 함께해 줘.

편지18.   현

그때는 이 우정도 사소해질까?

—

『인생은 이상하게 흐른다』

박연준(달, 2019)

스물네 살에 나는 매일 아침 830번 버스를 탔어.

그 버스는 일산에서 출발해 자유로를 타고 성산대교를 건너 영등포에 도착해. 늘 잠이 부족했던 나는 일산을 빠져나가기 전에 기절하듯 잠들어 성산대교에 진입할 때쯤 겨우 정신을 차렸어. 너무 깊게 잠들어서 당산역이나 영등포구청역쯤에서 눈을 뜬 날에는 그게 그렇게 억울할 수 없었어. 회사가 서울에 있어서 좋은 점은 아무리 생각해도 딱 하나, 하루에 두 번 한강을 볼 수 있다는 것뿐이었거든.

나는 아침보다 밤을 좋아하지만 밤의 한강보다는 아침의 한강이 좋아. 아침에는 인간이 만들 수 없는 것들이 더 잘 보이지만 밤에는 인간이 만든 것밖에 보이지 않잖아. 그러니까 불빛 같은 것들. 찬란하게 아름답지만 계속 보고 있으면 왠지 쓸쓸해지는 것들.

여덟 시까지 출근해 유니폼으로 갈아입고 회사에서 제공하는 아침을 먹고 나면 본격적으로 하루가 시작됐어. 어린이 테마파크의 아침은 몹시 분주해. 아침에는 주로 단체 이용객들이 입장하거든. 아홉 시가 되면 음악이 나오고, 음악이 나오면 잔뜩 흥분한 아이들이 소리를 지르며 우르르 몰려들어. 모든 직원은 음악이 끝날 때까지 세상에서 가장 행복한 사람처럼 웃으며 손을 흔들어야 해. 우리의 얼굴이 곧 회사의 얼굴이니까.

　나는 웃고 싶지 않을 때도 잘 웃는 사람이었어. 신입사원 연수 때, 동기들 앞에서 부장이 나를 칭찬하며 말했어. 하현 씨는 이 일을 하기 위해 태어난 사람 같다고. 어쩌면 늘 그렇게 웃고 있냐고. 그 말을 들으며 나는 또 웃었어.

　희 언니는 백 명이 넘는 직원들 중에서 가장 영혼 없이 웃는 사람이었어. 언니가 웃으며 손을 흔드는 모습은 뭐랄까, 상사 때문에 어쩔 수 없이 추어탕집에 끌려와 먹지도 못하는 미꾸라지를 억지로 삼킨 사람 같았어. 개장 시간도 폐장 시간처럼 느껴지게 만드는 언니의 환영이 나는 좋았어. 웃고 싶지 않을 때 웃지 않는 사람이 하나라도 있다는 게 그때의 나에게는 어떤 위로가 되었던 것 같아.

　언니는 서른 살이었어. 적게는 열아홉, 많아 봤자 이십 대 중반이었던 우리에게 서른은 너무 크고 먼 숫자였어. 그래서였는지 동기들은 언니를 좀 어려워했어. 나는 아직도 언니의 핸드폰을 기억해. 언니는 우리 중 유일하게 스마트폰을 쓰지 않는 사람이었거든. 근무 일정표부터 시작해 조회시간 변경 안내까지 회사의 크고 작은 공지사항은 모두 카카오톡을 통해 전달되었는데도.

문자 메시지로 언니에게 공지를 전달하는 일은 자연스럽게 내가 맡게 됐어. 나는 이상하게 처음부터 언니가 별로 어렵지 않았거든. 그렇게 문자를 주고받으며 우리는 조금씩 가까워졌어. 언니는 서울의 북쪽에 살고 지하철로 출퇴근을 했어. 동기들 사이의 미묘한 정치 싸움에서 나와 같은 편이었고, 나처럼 회사에 대한 확신도 애정도 없었지. 이전 직장에서 일하며 혼자 힘으로 학자금 대출을 모두 갚느라 모아 놓은 돈은 많지 않다고 했어. 대체로 조용한 편이었지만 친해진 뒤에는 장난도 곧잘 쳤어. 그럴 때면 언니는 진짜로 웃었어.

그곳을 먼저 떠난 건 나였어. 버티고 견디는 일보다 도망치는 일에 익숙했던 내가 이제 그만해야겠다고 말했을 때, 언니는 놀라는 기색 없이 담담하게 고개를 끄덕였어. 마지막 근무를 끝내고 친하게 지냈던 동기들과 조촐한 송별회를 했어. 즉석떡볶이가 끓기를 기다리는 동안 우리는 익숙한 작별 인사를 주고받았어. 왜, 그런 거 있잖아. 앞으로도 계속 연락하고 지내자는 말. 계절마다 한 번씩은 만나자는 말. 지키지 못할 걸 알면서도 괜히 하는 약속들.

하지만 언니는 그런 말을 하지 않았어. 떡볶이를 다 비우고 볶음밥을 먹을 때까지도, 아이스크림을 하나씩 입에 물고 역으로 가는 동안에도. 언제일지 모를 다음을 기약하는 대신 언니는 말했어. 환경이 바뀌면 멀어지는 게 당연하다고. 그러니 그냥 어디서든 잘 지내라고.

그렇게 냉정한 말이 이렇게 다정하게 들릴 수 있다는 게 신기했어. 그날 밤 우리는 웃으며 헤어졌어.

> 이제 전화로는 할 수 없는 말들이 생겼다. 우리 사이에 비밀이 생긴 게 아니라, '너무 많은 일들'이 있어 짧게 전달할 방도가 없었다. 이러저러한 일들. 말하기 위해서 많은 설명이 필요한 일. 설명이 필요한 관계는 더 이상 친한 관계가 아닐지 모른다.
>
> _p.59~60

그 뒤로 아주 많은 일이 일어났어. 말하기 위해 많은 설명이 필요하지만 공들여 설명하는 순간 시시해지는 일들이. 내가 떠나고 얼마 지나지 않아 언니는 스마트폰을 샀다는 소식을 전했어. 잘됐다고, 앞으로는 더 편하게 연락하자고 답장을 보냈지. 그 메시지가 우리의 마지막이었어. 6개월이 지나자 나머지 동기들과도 연락이 끊겼어. 나는 새로운 곳에서 일을 시작했고, 다른 사람들과 우리가 됐어.

나는 언니가 좋았는데 언니도 내가 좋았는지는 잘 모르겠어. 언니 앞에 설 때면 최선을 다해 웃으며 손을 흔드는 내 모습이 부끄러워졌거든. 그런 나를 언니가 속으로 비웃고 있을지도 모른다고 생각했었어.

그런데 참 이상하게 말이야, 너무 오랜 시간이 흘러 그곳에서 만났던 모든 사람들이 나를 잊었을 거라고 확신하는데도 언니의 기억 속에는 아직 내가 있을 것 같아. 내가 그러는 것처럼 언니도 어쩌다 한 번씩 나를 떠올릴 것 같아. 이건 희망이 아니라 믿음에 가까워. 우리는 이제 서로의 연락처조차 알지 못하지만.

언니와 마지막 인사를 나눴던 바로 그 건물에서 너를 처음 만났어. 그날 우리는 어색한 공기 속에서 즉석떡볶이를 먹었지. 너는 웃기 싫을 때 웃지 않고, 그럼에도 어쩔 수 없이 웃어야 한다면 누가 봐도 억지인 표정으로 영혼 없는 미소를 지어. 나의 희 언니가 그랬듯이. 이건 그냥 단순한 우연일까?

인생은 이상하게 흐른다.

이 책을 펼칠 때마다 나는 매번 제목에 감탄하곤 해. 나

말고도 많은 사람들이 똑같이 말하는 걸 보면 모두의 인생은 이상하게 흐르고 있나 봐.

> 그렇게 몇 달, 1년, 2년을 보내고 나니 '따로' 보내는 시간이 자연스럽게 느껴졌다. 나와 윤 사이에 조그만 웅덩이가 생긴 것 같았다. 웅덩이에 뭐가 들어 있는지 알 길이 없었다. 다만 둘 사이에 서로 모르는 고단한 일들이 생겨, 웅덩이로 빠져버리는지도 모른다고 어렴풋이 생각했다.
>
> _p.59

가끔 우리가 멀어지는 미래를 상상해. 하루가 멀다 하고 메시지를 주고받지만 얼굴을 보는 건 일 년에 고작 서너 번쯤이잖아. 네 웅덩이에 뭐가 들어 있는지 나는 몰라. 우리 앞에는 각자의 삶이 장애물처럼 놓여 있고, 그걸 넘는 동안 서로 모르는 고단한 일들이 생기지.

모르다가, 계속 모르다가. 어느 날 문득 너무 깊고 넓어진 웅덩이를 발견하고 당황하는 날이 올지도 몰라. 더는 그걸 뛰어넘을 수 없어서 포기하고 싶어진다면. 그런 날이 온다면.

오늘 아침 소파에서 남편의 신간 시집을 읽다 이런 구
절을 발견했다. "세월이 가면 우정은 사소해진다." 별일
없이 마음을 다치게 하네. 시는 이게 문제다. 읽다 자꾸
베인다. 다쳐도 피가 나지 않는 상처가 있다.
_p.62

그때는 이 우정도 사소해질까?

나는 아직 여기까지만 살아 봐서 앞으로의 일들은 잘 모
르겠어. 하지만 어차피 알 수 없다면 마음대로 생각해도 되
지 않을까. 이 책의 제목처럼 인생은 이상하게 흐르니까. 이
상하게 흐르는 인생에는 아주 오랫동안 사소해지지 않는 우
정도 있을 거라고, 그렇게 나 좋을 대로 생각하고 다른 미래
는 아직 모르고 싶어.
인터넷으로 만난 동갑내기 여자애랑 책 이야기를 하다
친구가 되어 책 이야기를 쓰게 될 줄 누가 알았을까.

인생은 정말 이상하게 흘러, 그렇지?

이
슬

편지19.

아껴서 잘 살자

—

『생물성』

신해욱(문학과지성사, 2009)

독립을 하고서 제일 좋았던 게 뭔 줄 알아? 더는 '보일러 꺼도 돼?' 소릴 듣지 않아도 된다는 거.

이런 거야. 순자 씨랑 살 때는 씻을 때를 제외하곤 겨울에도 거의 보일러를 틀지 않았는데 그 씻을 때마저도 내 샤워기 소리가 멈추면 기다렸다는 듯이 순자가 묻는 거야. 보일러 꺼도 돼? 그럼 난 수건으로 물기를 닦다 말고 기분이 잡쳐 버려. 어련히 내가 알아서 끌 텐데.

나는 대답은 않고 마저 물기를 닦아. 보란 듯이 다시 물을 틀어 화장실 청소를 하거나 한 번 더 세수를 할 때도 있어. 내 샤워는 아직 끝나지 않았다는 무언의 투쟁처럼 말이야. 벙벙한 티셔츠를 입고 어깨에 수건을 걸친 채 화장실에서 나오면 순자 씨는 안방 침대에 앉아 티브이에 시선을 고정하고 있어. 그럼 나는 현관 앞 거울로 가서 아주 느긋하게 로션을 발라. 얼굴이며 몸이며 구석구석. 투쟁은 여전히 진행 중이지. 그리고 내가 그때까지도 아무 말이 없으면 순자 씨는 조용히 보일러의 전원 버튼을 눌러. 딸깍. 나는 다시 기분이 잡쳐.

복실이에게서 뜬금없는 메시지를 받은 건 복실이가 우리 집에서 하룻밤을 자고 돌아간 뒤였어. 복실이는 아무 말 없

이슬

이 사진 한 장만 띡 보냈어. 그건 누렇고 기다란 종이였는데 자세히 보니 고지서였어. 한 달 요금으로 7,090원이 찍힌 도시가스 요금 고지서.

그땐 아직 추운 삼월이었는데 칠천 원은 너무하잖아. 대학에 입학하면서 부모님 곁을 떠나 줄곧 할머니 할아버지와 살다가 최근에 친오빠와 둘이 살기 시작한 복실이는, 그러니까 내가 아는 복실이는 돈을 아끼려 추위나 더위를 참는 애가 아닌데, 그런 복실이의 한 달 가스요금이 칠천 원 남짓 나왔단 건 무슨 일이 나도 크게 난 거였어. 나는 걱정 대신 타박했지.

"야. 돌았냐? 보일러 좀 켜. 감기로 뒤지게 아파 봐야 정신을 차리지."

그리고 이어지는 복실이의 답장.

"이슬아. 자세히 봐. 그거 너희 집 고지서야."

맞아. 그건 우리 집 고지서였어. 2월 중순부터 3월 중순까지의 가스요금 고지서. 나는 잘 놀라긴 해도 원체 당황하진 않는데 아주 오랜만에 당황했던 것 같아. 민망하거나 쪽팔리기보단 어찌할 바를 모르겠는.

그건 인생이 내게 날린 고상한 사형선고였어. 못살게 굴거나 희망을 꺾는 대신 그냥 칠천 원짜리 현실을 보여 준 거거든. 내가 최선을 다해 외면하고 싶었던 것 말이야.

다정아. 너는 똑같은 시간이 계속해서 반복된다고 생각한 적 있어? 타임 루프 영화처럼 말이야. 그래. 타임 루프처럼.

타임 루프 영화에는 반드시 지켜져야 할 공식이 하나 있는데 그건 바로 주인공은 반복에서 제외된다는 거야. 주인공을 둘러싼 시간만이 반복될 뿐, 주인공은 어떤 것도 반복하지 않아. 반복은커녕 새로운 무언가를 시도하거나 찾으려 애쓰면서 부지런히 시간을 보내. 그런데도 오늘은 어제의 방식으로 반복되지. 계속, 끊임없이, 어쩌면 영원히.

아마도 이런 생각은 나보단 순자 씨가 더 많이 했던 것 같아. 틈만 나면 이 세계의 가장자리로 도망을 치던 나와는 달리 누구보다 부지런히 자리를 지켜야 했던 그녀이니까. 대신 어제보다 오늘 더 열심히 그리고 오늘보단 내일 더 열심히. 간혹 어제보다 뒤에 서 있을 때도 슬픔이 길면 안 됐어. 내일을 살지 않아도 내일을 알 것 같은 기분 앞에서 그만하면 안 됐어.

그맘때쯤 순자는 낡은 일기장에 이렇게 적었어.

일상처럼 그렇게 지나가는 오늘 하루가 얼마나 소중한 건지를.
지금처럼만, 지금처럼만이 얼마나 감사한지를.

오늘 나는 슬프고, 아프고, 우울하다.

어쩌다 이렇게까지 되었을까.

약이 몇 가지 더 늘고 운동은 안 되고 자꾸만 나빠지는 내 몸.

절망스럽고 무기력해진다.

이슬이 앞날이 무지 걱정된다.

그리고 얼마 지나지 않아 이렇게도 적었어.

이사를 하기로 마음 굳혔다.

딸을 위해서.

지하라 눈이 저렇게 불편하다는데. 다른 도리가 없다.

근데 너무 세다.

내 수입에 비해 월세가 너무 세다.

내 몸이 허락지 않아 일을 못 하게 되면 그땐 어쩌나 걱정이다.

그러나 일단은 옮기자.

죽기밖에 더하겠어.

친구네 집 단칸방에서, 가파른 계단을 올라야 하는 집에서, 기억하고 싶지 않은 집에서, 더는 물러설 곳이 없는 집에서, 유흥주점이 있던 건물 이 층 집에서, 방 한 칸짜리 반지하 집에서, 방 두 칸짜리 반지하 집에서 냉면과 고기를 나르며, 치과기공소의 배달 일을 하며, 밤낮으로 커피 공장에 출근하며, 그럼에도 마이너스 통장을 만들며, 교차로 신문의 구인·구직 페이지를 들여다보며, 아직 사람을 구하시냐 물으며, 몇 살까지 구하시냐 고쳐 물으며, 돈을 더 주는 야간에 일하며

순자 씨가 그리던 미래는 뭐였을까. 아니, 그리기는 했을까. 아침에 퇴근해 쓰러지듯 잠들기 바빴던 나날에.

혼자 살아 보니 알겠어. 한 달 도시가스 요금이 칠천 원 남짓 나오려면 얼마나 생활이 치사해지는지를. 이제야 알겠어. 그렇게 아낀 돈으로 다른 어떤 걸 할 수 있는지를.

내 한 달 평균 가스요금은 칠천 원 정도야. 적게 나올 때는 사천 원도 나오고 많이 나올 때는 이만 원까지도 나오는데 어쨌든 평균은 그래. 전기요금도 마찬가지야. 분명 집을 나올 때 겨울에 춥게 안 지낼 거야, 여름엔 에어컨도 겁나 돌릴 거야! 큰소리쳤었는데 꼴이 우스워졌어.

저번 주엔 통장을 하나 만들었어. 그 통장의 이름은 순자랑이야. 순자 나의 자랑. 나는 여기에 매달 십만 원씩 저금을 할 생각이야. 일 년이면 백이십, 십 년을 꼬박 모아도 천이백. 이 적은 돈으로 미래에 무엇을 할 수 있을진 잘 모르겠

어. 그래도 나는 알아. 뭔가를 할 수 있다는 분명한 사실을
알아.

금자의 손에 머리를 맡긴다.

금자의 가위는 나를 위해 움직이고
머리칼은 금자를 위해
타일 위에 쏟아진다.*

다정아. 그 옛날 순자 씨가 그린 미래가 겨우 오늘인 걸
까? 그렇든 그렇지 않든 이제는 아무 상관 없어졌어. 아낄
수 있는 만큼 아낀 가스요금만큼이나 오늘을 아끼고 싶어.

머리칼은 제각각의 각도로
오늘을 잊지 못할 것이고

나는 금자의
시간이 되어갈 것이다.
(…)

---

* 「금자의 미용실」 p.12

미래의 우리는

이런 게 아니었을지도 모르지만.[*]

　나는 할 수 없이 순자의 시간이 되어 갈 거야. 그녀가 그린 미래의 우리는 이런 게 아니었을지 모르지만, 기어이 순자의 시간이 되어 갈 거야. 순자와 내가 함께하는 내일을 그리면서 말이야.

---

* 「금자의 미용실」 p.12

이슬

잘 먹고 잘 살아라!

—

『고등어: 엄마를 생각하면 마음이 바다처럼 짰다』

고수리(세미콜론, 2020)

내가 일하는 마트에는 젊은 사람이 별로 없어. 내 동료들은 대부분 우리 엄마 또래야. 엄마보다 젊거나, 비슷하거나, 약간 나이가 많은 중년 여자들. 나는 아무렇지 않게 그들을 언니라고 불러. 우리가 만약 마트 밖에서 만났다면 엄두도 내지 못했겠지만.

"꼬맹이한테 언니 소리 들으니까 양심이 좀 찔리네. 서른이면 우리 며느리랑 동갑인데."

"여기 아니면 어디 가서 저렇게 어린 아가씨한테 언니 소리를 듣겠어. 그냥 즐겨!"

"호호호호! 그럼, 여기서는 다 언니지. 자기야! 이리 와서 사과 좀 먹고 가."

휴게실에 둘러앉아 사과와 빵을 나눠 먹으며 까르르 웃는 이 연로한 언니들이 나는 좋아. 그들은 나이만 많은 게 아니거든. 사랑도 많고 정도 많고, 샘도 많고 화도 많고, 웃음도 많고 눈물도 많지. 돈만 빼고 거의 모든 게 많은 수십 명의 중년 여자들과 함께 지내다 보면 하루도 조용할 날이 없어. 매일 어디선가 크고 작은 사건들이 벌어지거든.

하루는 출근해서 옷을 갈아입고 매장으로 나갈 준비를 하고 있는데 창고 한쪽에서 큰소리가 났어. 목소리만 들어도 알 수 있었어. 톰과 제리 같은 우유 언니들이 또 한판 붙었다는 걸. 싸움 구경을 놓칠 수 있나. 일부러 손을 느리게 움직이며 일하는 척 슬쩍 엿들었지. 듣고 보니 이번에는 ㄱ우유 담당 톰 언니가 잘못한 거였어. ㄴ우유 매대에 자기 회사 제품을 진열했거든. 전에도 몇 번 그래서 ㄴ우유 담당 제리 언니가 좋은 말로 타일렀는데 또 똑같은 일이 벌어진 거야. 결국 참다 참다 폭발한 제리 언니가 다다다 쏘아붙였어. 그런데 그게 하나부터 열까지 전부 맞는 말인 거야.

받아칠 말이 없어진 톰 언니는 얼굴이 새빨개진 채로 가만히 듣고만 있었어. 곧 할 말을 끝낸 제리 언니가 돌아섰어. 그렇게 끝나는 줄 알았는데 씩씩대던 톰 언니가 못내 분했는지 제리 언니 등에 대고 빽 소리를 질렀어.

"아이고, 그래! 너 잘났다! 잘 먹고 잘 살아라!"

그 순간 나는 이 싸움을 몰래 훔쳐보는 중이었다는 사실을 까먹고 소리 내 웃을 뻔했어. 이 언니들 내일모레면 환갑인데. 다 큰, 아니 크다 못해 늙어 가는 어른들이 이토록 유치하게 싸우는 모습이 웃기고 귀여웠거든. 요즘은 초등학생들도 이렇게 싸우지는 않을 거야.

잘 먹고 잘 살아라!

생각해 보면 이런 덕담이 또 어디 있나 싶어. 잘 먹고 잘 살라니. 그건 우리 모두의 소망이잖아. 잘하고 싶지만 마음처럼 되지 않는 일. 아주 간단하지만 그래서 너무 어려운 일.

이슬아, 너는 어때?
오늘도 잘 먹고 잘 살았어?

네가 처음 혼자 살기 시작했을 때 나는 걱정이 앞섰어. 다른 게 아니라 먹는 것 때문에. 너는 요리에는 눈곱만큼도 소질이 없잖아. 얘가 과연 밥이나 제대로 차려 먹고 살 수 있을까. 제일 먼저 그런 생각이 들더라. 밥솥은 필요 없다는 네 말을 듣고서는 사실 조금 충격을 받았어. 나는 독립을 결심한 순간부터 전기밥솥을 알아봤거든.

까맣게 탄 군만두, 호떡처럼 두꺼운 전(나는 아직도 궁금해, 그건 도대체 무슨 전이었을까?), 애호박을 통째로 빠뜨린 순두부찌개······. 너는 말했지. 심각한 길치인 내게 방향 감각이 없는 것처럼 너에게는 요리에 대한 감각이 없다고.

요리에 대한 감각. 그걸 어떻게 설명할 수 있을까?

내가 생각하기에 요리에서 가장 중요한 건 불 조절이야. 그리고 다음은 간 맞추기. 이 두 가지만 신경 쓰면 적어도 못 먹을 음식을 만들 일은 없어.

불을 쓸 때는 조금 느긋해지는 게 좋아. 불 조절은 결국 마음 조절이거든. 마음이 급하면 센 불만 쓰게 되고, 그러다 보면 눈 깜짝할 사이에 재료가 타버려. 아, 버섯은 예외. 버섯 처럼 수분이 많은 재료는 센 불에서 빨리 익혀야 물이 생기 지 않아. 간을 맞출 땐 욕심을 버려. 소금이든 간장이든 한 번에 다 넣으려고 하지 말고 맛을 보면서 조금씩 추가하는 게 안전해. 싱거운 걸 짜게 만들기는 쉬워도 짠 걸 싱겁게 만 들기는 어려우니까.

국물 요리에는 웬만하면 육수를 써. 나는 일주일에 한 번 씩 멸치 다시마 육수를 진하게 끓여 냉장고에 넣어 놓고 필 요할 때마다 조금씩 물을 타서 쓰는데 이렇게 하면 아주 편 리해. 육수만 준비되어 있으면 뭐든 뚝딱 만들 수 있어. 된장 을 풀면 된장국, 만두를 넣으면 만둣국, 국수를 삶으면 잔치 국수, 자투리 채소 몽땅 털어 넣고 고기나 두부를 넣어 팔팔 끓이면 그럴싸한 전골이 되지. 마트에 가면 각종 재료가 들 어간 다시백을 팔거든. 티백처럼 넣고 끓이기만 하면 되는데 아마도 너는 그것조차 귀찮다고 하겠지? 그럴 땐 비장의 무기가 있어. 참치액. 어떤 국물 요리든 이걸로 간을 하면 육수 없이도 꽤 그럴싸한 맛을 낼 수 있어.

> 지금도 우리는 혼자 밥을 지어 먹는 혼밥생활을 이어
> 가는 중이다. 혼자 사는 엄마와 혼자 사는 남동생. 그
> 리고 혼자 점심을 챙겨 먹는 프리랜서인 나. 우리 집 혼
> 밥생활자들은 밥 먹을 때 씩씩해진다. 자기가 먹을 밥
> 정도는 뚝딱 차려 먹을 줄 안다. 각자 떨어져 밥을 먹어
> 도 어떤 맛인지 다 안다. "밥 잘 챙겨 먹어."라는 말의
> 진심을 안다.
> _p.110

한 번도 상상해 본 적 없었던 전염병의 시대를 통과하며 내가 깨달은 건 인간이 너무나도 하드웨어적인 존재라는 사실이야. 한 사람의 성격, 능력, 지식, 가치관, 도덕성, 취향……. 솔직히 말하면 나는 늘 눈으로 볼 수 있고 손으로 만질 수 있는 것보다 그럴 수 없는 것들이 더 중요하다고 믿었거든. 하지만 이제는 생각이 좀 달라졌어. 그런 것들은 말하자면 소프트웨어야. 아무리 훌륭한 소프트웨어도 하드웨어 없이는 작동할 수 없어.

혼란의 시대 속에서 평소보다 잦은 잔병치레를 하며 한 해를 사는 동안 몸에 대해 자주 생각했어. 나는 살면서 단한 번도 내 난소를 구체적으로 생각해 본 적 없었거든. 그런데 생리불순으로 병원에 다녀온 뒤로는 하루에도 몇 번씩 난소 생각을 하게 되는 거야. 아프다는 건 참 신기해. 그게 거기 있다는 걸 새삼스럽게 알려 주니까. 몸은 무섭도록 정직하게 우리가 먹은 것들로 만들어지고, 우리가 움직인 대로 굳어지거나 유연해지는 것 같아.

사람은 살면서 한 번쯤 홀로 서야 한다. 사 먹고 시켜 먹는 음식들에 질리면 오래된 나의 맛을 찾게 된다. 알아서 혼자 밥을 지어 먹게 된다. 엄마가 일일이 가르쳐 준 적 없어도 나의 혀가 기억하는 그 맛을 찾아낸다. 내 간에 딱 맞는, 먹어본 그리운 음식들. 집밥을 지어 먹는 일은 시간과 정성이 드는 일. 밥상을 차리면서 나를 먹여 살린 누군가의 노고를 깨닫는다. 누가 차려준 밥상을 편히 받아들고 투정부리던 내가 부끄러워진다. 내가 먹을 밥 정도는 스스로 '맛있게' 지어 먹고 살아간다는 자부심을 갖게 된다.

_p.111

그러니까 이슬아.

나는 잔소리를 너무너무 싫어하지만, 듣고 싶지도 않고 하고 싶지도 않지만. 먹는 것에 대해서라면 자꾸만 너에게 이래라저래라 참견하고 싶어. 아무리 바빠도 아침은 꼭 챙겨 먹으라고, 눈 딱 감고 시금치를 한 단 사다가 다듬어 보라고, 그걸로 된장국을 끓여 보라고. 네가 좋아하는 옥동자 와플 아이스크림은 하루에 하나씩만 먹으라고. 비타민을 챙겨 먹는 습관을 들이라고. 혼자 앉는 식탁에도 더 다양한 반찬을 올리라고.

그러다 아무래도 망한 것 같으면 나한테 전화해. 탄 것만 아니라면 내가 어떻게든 살릴 수 있는 방법을 가르쳐 줄게. 그리고 있잖아…… 만두는 웬만하면 해동해서 구워.

이
슬

편지21.

팔푼이 다녀감

—

『겟패킹』

임솔아(현대문학, 2020)

열네 살, 가만히 있어도 땀이 흐르던 여름의 한복판에서 나는 휴대폰을 손에 꼭 쥔 채 방 안에 있었어. 기다리는 문자가 있었거든. 누군가 나 대신 땡볕이 쏟아지는 바깥으로 막 출발한 참이었어.

왜 그런 거짓말을 했는지 몰라. 그때 나는 가벼운 말싸움 끝에 보윤이가 조금 미웠는데, 지금 생각하면 뭐 때문이었는지 하나도 기억나지 않아. 나는 심통이 났고, 그걸 풀어야 했고, 그래서 말해 버린 거야.

"우리 교환일기, 내가 역 화장실 쓰레기통에 버렸어."

나 대신 뛰쳐나간 건 보윤이었어. 삼 개월 넘게 정성스레 주고받은 교환일기를 한순간 쓰레기통에 버렸단 사실이 믿기지 않으면서도 김이슬이라면 그럴 수 있지 않을까, 생각하며 보윤이는 망설임 없이 집을 나섰댔어. 그러면서 재차 물었어. 정말 버렸어? 정말? 그리고 내가 거짓말을 정정할 기회를 대여섯 번쯤 놓쳤을 때, 보윤이는 확신했대.

"넌 진짜 개또라이야. 김이슬 졸라 싫어."

왜, 대학교 MT 가면 그런 거 하잖아. 복불복 게임 같은 거. 콜라 네 잔이랑 콜라처럼 보이는 간장 한 잔 따라 놓고 간장을 마신 사람이 누군지 알아맞히는 뭐 그런 거.

이 게임에서 단연 돋보이는 플레이어는 간장을 마시는 사람이야. 사과 주스 같은 식초를 마시는 사람이고 고추냉이가 가득 든 주먹밥을 먹는 사람이야. 그들은 들키지 않으려 안간힘을 쓰는데 별수 없이 눈물이 고이거나 헛구역질을 해. 게임을 중도 포기하기도 하고 그러다 팀원들의 야유를 받기도 하지. 그러면 그 순간, 모두의 뒤통수를 후려칠 진짜 주인공이 등장하는 거야. 콜라를 마시고도 눈물을 보이는 사람. 참치가 든 주먹밥을 먹고서도 얼굴이 시뻘겋게 달아오르는 사람. 바로, 김이슬.

손가락을 뻗어 내가 빵— 소리를 내면

너는

죽은 체한다. 눈을 꼭 감고서
네가 잘 누워 있으면
나는 너를 안아준다.
(…)
너는

조용해서 시끄럽다.

폐가에만 우글거리는 식물들처럼. 맨발로

밟은 과자 조각처럼.[*]

나는 거의 모든 게임에 참여했고 정답을 맡는 일은 잘 없었어. 대부분은 인원수를 맞추기 위함이었는데 아무도 내게 집중하지 않는 시간이 오히려 더 신났어. 방심한 친구들의 벙찐 표정은 정말이지 가관이거든. 그때부터 내가 해야 할 일은 두 가지뿐이야. 콜라를 간장이라고 믿을 것. 믿고 있다는 사실을 잊을 것.

그러면 자연스레 눈물이 고이고 얼굴이 벌게져. 아이들이 조금씩 내 행동에 집중하고 날 관찰하다가 마침내 확신할 때, 여기저기서 '김이슬이다! 김이슬이 간장이야!' 하는 소리가 들리면 나는 속내를 들킨 사람처럼 당혹스러움을 전시해. 간혹 연기하는 거라며 분위기의 반전을 꾀하는 인물이 등장하기도 하는데 그의 주장은 곧잘 묻혀. 판세를 뒤집기엔 너무 늦은 거야. 아이들은 선택하지. 간장은 김이슬, 김이슬이 간장.

하지만 모든 진실을 밝히기 전에 사회자가 괜히 시간을

---

* 「아는 사람」 p.36

🍃 이슬

끌면 나는 돌연 몰입을 관두고 싶어져. 얘들아, 미안. 실은 그게 아니고…… 말하고 싶지만 내 완벽한 연기를 눈치챈 그와 눈이 마주칠 때면 입이 떨어지지 않는 거야. 나 때문에 넌 거짓말쟁이가 됐네. 의심이 아니라 알아본 거였는데. 시끄러운 속을 애써 모른 척해.

보윤이네 집에서 지하철역까지는 버스로 삼십 분 정도였어. 버스를 타고서도 이게 실제 상황인지 한참을 물었으니까, 이제 내게 남은 시간은 십 분 정도? 그 십 분 동안 나는 미안해, 라는 말 없이 어떻게 미안하다는 얘기를 할 수 있는지 고민했어. 그러다 역 화장실에 도착한 보윤이가 그래서 교환일기는 어디 됐느냐고 물었을 때, 궁지에 몰린 심정으로 몰입해 버린 거야. 거짓말이 미안하지 않은 사람, 미안하다고 말하지 않는 게 미안하지 않은 사람.

그날 보윤이가 어떤 표정으로 되돌아갔는지 나는 몰라. 그리고 보윤이 역시 모르지. 내가 미안하다는 말 한마디를 못 해서 일을 그렇게까지 키웠다는 걸.

이상하지. 미안해, 말한 적이 언제인지 생각나지 않는 거 보면. 나는 기억하지 못하는 게 아니라 기억할 게 없는 것 같

아. 해 본 적이 없는 것 같아. 분명 미안한 일은 많았는데, 늘 가벼운 부채감과 죄책감에 시달렸는데.

좋아해. 사랑하고 보고 싶어. 나는 헤퍼서 툭하면 사랑을 고백하고 그리움을 참는 법을 모르는데 그건 때로는 남발이기도 했어. 미안하다고 말하지 못할 때면 저런 예쁜 말들을 찾았으니까. 그러면서 상대가 알아주길 바랐어. 내가 충분히 미안해하고 있다는 걸. 그리고 이해받고 싶었어. 내가 사과 하나도 제대로 못 하는 팔푼이여서가 아니라 그냥 이런 게 내 방식이라고.

나는 원래 이래. 이 짧은 한 문장으로 우리가 나눌 수도 있었을 수많은 대화를 낭비해 왔어. 제때 소거되지 못한 잘못들이 언젠가 내게 쓰나미처럼 한 번에 밀려올 거야. 그때가 머지않았단 생각이 들어.

그렇다면 하루라도 빨리 내 잘못들이 나를 다녀갔으면 좋겠어. 애써 부인하며 미뤘던 미안하다는 인사가, 보윤이었던 보윤이이거나 보윤이일 이들이 내게 가질 실망과 서운함이 나를 세차게 치고 가면 좋겠어. 그땐 제대로 얘기할 수 있을까?

❧ 이슬

식물을 키우는 건 나와 어울리지 않고 눈을 떠보면 내
방 가득 내 것이 아닌 글씨체들이 보인다 알 것 같은 이
름들 영원과 사랑과 우정과 다녀감. 다녀감. 다녀감. 나
는 아무 감정 없이 물을 주었다 죽지 않을 만큼만

(…)

다녀감. 그 말이 싫었다 다들 다녀갔다는데 솔아 다녀
감:이라는 낙서는 찾았는데 나도 나를 다녀갔으면 좋겠
는데 너는 내가 키운 유일한 식물 십 년이 지나 네가 내
방보다 커진대도 너의 이름을 지어주지 않을 것이다.*

몰입에게는 아무 이름도 없다면 좋겠어.

---

* 「다녀감」 p.90

가려운 미래

—

『피프티 피플』

정세랑(창비, 2016)

새벽에 일어나 화장실에 다녀오다가 깜짝 놀랐어. 무심코 바라본 창밖에 설탕처럼 하얀 눈이 쌓여 있었거든. 목련 나무에 꽃봉오리가 맺히기 시작한 3월에 이런 풍경을 보게 되다니. 올겨울 눈 구경은 이미 질리도록 한 것 같은데 아직도 더 내릴 눈이 남아 있었나 봐.

왜, 그런 말 있잖아. 눈이 오는 게 귀찮아지면 어른이 된 거라고. 그렇게 따지면 나는 스무 살 겨울에 어른이 됐어. 그때 나는 동네에 새로 생긴 빵집에서 아르바이트를 하고 있었어. 그 빵집은 조금 특이한 형태로 운영되는 곳이었어. 다섯 평쯤 되는 작은 가게였는데 안쪽에서는 빵을 굽고 바깥에는 가판대를 설치해 그곳에서 장사를 했어. 가게 안쪽은 오븐에서 나오는 열기 덕분에 따뜻했지만 바깥쪽은 턱이 덜덜 떨릴 만큼 추웠어. 바람을 막아 주는 천막 하나도 없어서 저녁이 되면 팔려고 내놓은 빵이 얼기도 했어.

그해 겨울에도 올해처럼 눈이 참 많이 왔던 기억이 나. 사장님은 눈을 제일 싫어했어. 눈이 오면 손님들이 실내로 가서 매출이 뚝 떨어졌거든. 매출에는 별 관심 없는 일개 아르바이트생이었던 나도 눈이 싫기는 마찬가지였어. 빵을 파는 일보다 눈을 치우는 일이 몇 배는 힘들었으니까. 빵은 팔면 없어지기라도 하지. 눈은 치우고 돌아서기 무섭게 쌓이고 또 쌓여서 칼바람을 맞으며 열심히 몸을 움직인 보람도 없었어.

거기서 일하는 동안 피부과에 자주 드나들었어. 언제부턴가 자꾸 두드러기가 나기 시작하는 거야. 하루는 등에, 하루는 팔다리에. 참을 수 없을 정도로 가려워서 손톱으로 벅벅 긁다가 정신을 차려 보면 빨갛게 피가 맺혀 있었어. 병원에 가서 증상을 설명하니 한랭 두드러기라는 대답이 돌아왔어. 피부가 차가운 공기나 물질에 노출되면 생기는 알레르기성 질환인데 정확한 원인은 아직 밝혀지지 않았대.

의사는 약을 처방해 주며 너무 뜨거운 물로 샤워하지 말라고 당부했어. 하루 종일 밖에 있다가 집에 돌아오자마자 뜨거운 물로 씻고 전기장판에 누워서 가려움이 더 심해졌을 거라고. 그러면서 지나가는 말처럼 이렇게 덧붙였어.

"급격한 온도 차는 거의 모든 생물에게 좋지 않아요."

몸이 느끼는 온도 차가 다양한 질병을 불러오는 것처럼 마음이 느끼는 온도 차도 여러 가지 문제를 일으키는 것 같아. 너무 잦은 감정의 기복은 사람을 지치게 하잖아. 슬픔과 기쁨, 불안과 안도, 사랑과 증오. 냉탕과 온탕을 오가듯 극과 극의 감정에 번갈아 빠져들다 보면 마음속의 무언가가 아주 빠른 속도로 소진되는 기분이 들어. 배터리나 연료처럼 없어서는 안 되는 아주 중요한 무언가가 말이야.

내가 유난스럽게 사랑하는 소설 『피프티 피플』에는 아주 많은 사람들이 등장해. 하지만 이 소설을 떠올리면 나는 한 마리 개가 제일 먼저 생각나. 주인공도 아니고 사람도 아니지만 나를 가장 많이 닮은 캐릭터거든. 작고 하얀 테리어 잡종인 그 개의 이름은 테이야.

> 형인 승국은 회사에 들어가 수습을 마치자마자 중국 공장으로 발령을 받았고, 중간에 1년 반쯤 들어와 함께 살기도 했지만 이내 두 번째 발령을 받았다. 그 1년 반이 테이에겐 행복이었고 그다음엔 혼란이 찾아왔다. 문 바깥에서 기척이 있을 때마다 개가 짓는 표정을 승조는 어느새 알아보게 되었다. 희망과 절망의 아주 잦은 교차가 개의 수명을 갉아먹지 않았을까, 승조는 죽어가는 개를 내려다보며 생각한다. 쓰다듬어주는 승조의 손을, 손목 안쪽을 개가 핥는다. 테이는 승조를 꽤 좋아했다. 사랑하지는 않았지만.
> _p.77

요즘 나는 하루에도 열두 번씩 구직 사이트에 접속해. 더는 이렇게 살면 안 될 것 같아서. 아르바이트로 생계를 유지하며 글을 쓰는 삶의 지속 가능성을 생각하면 눈앞이 깜깜해져. 더 늦기 전에 어디라도 들어가야 하지 않을까? 지금이라도 기술을 배우는 게 낫지 않을까? 다른 작가들은 직장에 출근해 아주 많은 일을 하면서도 책을 척척 잘만 내는데. 대단한 글을 쓰는 것도 아니면서 회사까지 뛰쳐나온 내가 너무 대책 없게 느껴져.

그런데 이상하지, 이런 생각을 하며 절망에 빠져 있으면 어디선가 희망이 다가와 살가운 강아지처럼 내 볼에 얼굴을 비벼. 너무 겁내지 마. 너만 포기하지 않으면 좋아하는 일로 먹고살 수 있을 거야. 아직 젊으니까 뭐든 할 수 있어. 그러면 갑자기 용기가 솟아나. 다 괜찮을 것 같고, 다 잘될 것만 같아. 하지만 다음 날이 되면 희망은 온데간데없이 사라지고, 절망이 사나운 공룡처럼 달려들어 다시 나를 물어뜯기 시작해.

테이는 마음의 급격한 온도 차를 감당하느라 너무 많은 에너지를 써 버린 게 아닐까. 문 바깥에서 기척이 있을 때마다 귀를 쫑긋 세우고, 결국 열리지 않는 문을 바라보며 살랑살랑 흔들던 꼬리를 멈추고. 매일 성실하게 절망하면서도 끝끝내 희망을 버리지 못하는 병든 개의 뒷모습. 멀리서 보면 나도 그런 모습일까 봐, 그래서 자꾸 겁이 나.

　한랭 두드러기는 치료법이 없대. 감기처럼 그때그때 나타나는 증상만 가라앉힐 뿐 근본적인 치료를 할 수는 없는 거야. 하지만 여기에도 희망은 있어. 완벽한 치료법은 없지만 대부분 5년에서 10년이 지나면 자연적으로 소실되거든. 그래서 사람들은 이 질환을 별로 심각하게 생각하지 않아. 언젠가 사라질 걸 아니까. 내 경우도 그랬어. 겪는 동안에는 너무 괴로웠는데 지나고 나서 생각해 보니 언제 괜찮아졌는지도 모르게 사라져 있더라.

　희망과 절망의 아주 잦은 교차.

　그건 잔인한 일이지만 한편으로는 다행인 일이기도 해. 희망 뒤에 절망이 온다고 생각하면 두렵지만 절망 뒤에 다시 희망이 온다고 생각하면 안심이 돼. 물에 닿으면 스르륵 녹아 버리는 솜사탕 같은 희망일지라도 없는 것보단 있는 쪽이 나은 것 같아. 그래도 희망이 있어서, 좋은 날을 상상할 수 있어서 테이는 아주 불행하지는 않았을 거야. 혼란스럽기는 했겠지만.

　이슬아, 나에게는 미래가 있을까?

어떤 날의 미래는 찬란하고, 어떤 날의 미래는 암흑 같아. 서로 다른 미래는 아주 빠르게 교차되며 내 앞에 펼쳐져. 어느 쪽이 진짜인지 모르게. 그래서 일단은 가 보는 거야. 희망과 절망을 양손에 나눠 들고, 한 번씩 두드러기가 나기도 하면서. 한 10년쯤 지나면 그때는 말할 수 있을까. 겪는 동안에는 너무 괴로웠는데 지나고 나서 생각해 보니 언제 괜찮아졌는지도 모르게 사라져 있었다고. 지금 이 불안이, 결코 불행은 아닐 혼란이.

이
슬

편지23.

능숙과 미숙

—

『사람이 기도를 울게 하는 순서』

홍지호(문학동네, 2020)

첫 키스를 하던 순간이 생각나. 그때는 겨울이었는데 입술을 떼고 나니 등이 끈적거렸어. 입술만 움직이는 운동치곤 꽤 격렬해서 나는 좀 놀랐지. 입술 주변으론 땀 같은 침이.

모든 게 처음이라 어떻게 해야 할지를 몰랐어. 자연스레 애인이 분위기를 이끌었고, 조금 쑥스럽고 많이 떨렸던 나는 눈을 질끈 감았어. 그러면서 천천히 입을 벌렸는데 어쩐지 내가 상상하던 키스가 이어지지 않는 거야. 아무 소리도 들리지 않고 아무것도 보이지 않는 곳에서 아무 일도 일어나지 않는 건 꽤나 무섭고 망한 기분이야. 눈을 떠, 말아? 감은 눈을 도로 뜨기가 그렇게 힘든 줄 그때 처음 알았어. 한참을 망설이다 하는 수 없이 실눈을 떴는데 애인이 필사적으로 웃음을 참고 있는 거야. 나는 당황해서 왜 웃냐고 묻지도 못했어. 그런데 걔가 웃음을 정리하면서 그러더라.

"그렇게 조금 벌리면 키스 못 해."

처음이 지나간 후에도 나는 자꾸
처음이에요 라고 말하게 되었다
처음이라고 하면 선생이 되어주니까
선생들이 늘어가고
미숙함을 이해해주었다

　　　❦　　　이슬

(…)

찾고 있던 신에게

질문할 기회가 생긴다면

처음으로 하고 싶은 질문이 있다

나를 만든 건 처음이지요?

세상을 만든 것도 처음이지요?

그러면

봐줄 수도 있을 거 같다

자신이 무언가에 능숙하다고 믿는 건 나이에서 오는 오류 같아. 이쯤이면 겪을 만큼 겪었다고 자신을 뒷받침하게 되니까. 거기에는 서툴면 안 된다는 일종의 암시도 들어 있어. 분위기를 주도하고 싶어서. 내게 벌어지는 모든 현상에 마지막에 웃는 사람이 나였으면 해서.

내가 제일 능숙하다고 믿는 카테고리는 관계야. 이제 나는 나를 이렇게 묘사하거든. 사람 보는 눈이 생겼다고. 이 사람이 나와 맞을지 맞지 않을지를 어렸을 땐 다섯 번은 봐야 알았다면, 지금은 굳이 보지 않고서도 알 것 같다고. 그러면서 떠드는 거야. 관계를 적당히 유지할 수 있게 됐다고, 그것

---

* 「월요일」 p.12

은 지치는 일이지만 못할 일은 또 아니라면서. 그런데 이상하지. 능숙하면 능숙할수록 어째서 내 세계는 점점 좁아지는지.

그리고 나는 최근에야 안 거야. 분명 다정한 말이었는데, 꾸지람을 듣는 것처럼 얼굴이 화끈거리던 날에.

"내가 능숙해 보여? 나는 김이슬이 처음이라 지금 너무도 미숙한데. 하나도 능숙하지 않은데."

그러면 나는 묻고 싶어져. 다정아. 나는 너에게 능숙했던 적이 있어? 너는 내게 능숙했어?

네가 그랬지. 너는 누군가를 좋아하게 되면 최선을 다해 더 나은 사람이 되고 싶어진다고. 더 멋진 사람이 되기 위해 노력한다고. 그런데 있지. 누군가를 좋아하는 동안에 난 무능함에 가까운 미숙을 체험해. 잘하던 것도 더는 잘하지 않고 알던 것도 모르게 돼.

재작년 네 생일에 나는 제주에 있었어. 일 년에 한 번 있는 휴가였고 나는 고민도 없이 제주로 내려갔잖아. 네 생일 날, 축하한다고 메시지를 보내고서, 일주일 뒤에 올라가서 보자고 약속하고서, 그날 밤새도록 내가 뭘 했는지 알아? 네 생일 선물을 골랐어. 정말 밤새, 다음 날 아침까지도.

모르겠더라. 네가 뭘 좋아하는지. 필요한 건 뭔지, 뭘 받으면 기뻐할지. 그때 나는 널 햇수로 사 년을 알았는데 어느 거 하나 확신하지 못하는 내가 더없이 무능하게 느껴졌어. 어디 가서 나를 네 친구라고 소개해도 될지 고민할 만큼 미안했어. 그래서 졸린 눈을 비비며 선물을 골랐어. 그렇게 고른 선물이 잠옷이었어. 네가 좋아하는 잠옷, 무슨 색의, 어떤 재질을 좋아하는진 모르는 잠옷.

그리고 일 년이 지나 작년 네 생일에 나는 후드 집업을 선물했는데 하나도 나아지지 않았더라. 이번엔 우리가 늦게라도 만나지 못할 거여서, 네 생일에 맞춰 집으로 선물을 보내주고 싶어서, 일주일 전부터 선물을 생각해야 했어. 여전히 알 수 없어서, 계속 생경해서.

어쩌면 계속해서 미숙할 세계가 있어. 잘하던 것도 잘하지 못하고 알던 것도 모르면서 계속될 세계가 있어.

다정아. 잠옷과 함께 네게 건넨 편지의 내용을 기억해. 그건 아주 긴 편지였어. 편지지 두 장과 편지 봉투 한 장이 한 세트였는데 쓰다 보니 길어져서 에이포용지를 잘라 편지지 아래에 덕지덕지 이어붙인.

나는 부탁했어. 나는 아직도 널 모르는 것 같아. 나는 계속 널 모를 거야. 그러니 말해 줘. 너의 좋음과 싫음, 인정과 질투, 후회와 나아감, 도피와 과정, 직면과 외면, 마음과 마음 외, 기상 시간과 취침 시간, 한낮과 밤중, 싫어했던 사람과 좋아했던 사람, 사랑과 사랑 외, 잊으려는 것과 잊힌 것, 작년과 어제, 치열한 오늘과 기다리는 어느 날…….

그러면 나는 계속 미숙할게. 모든 게 서툴러서 면밀히 살필게. 눈치를 볼게. 실눈을 뜰게. 좋아할게. 가까워지는 상태로 나아갈게. 배울게. 나를 믿지 않을게.

젖어 있어서 손이 시렸어 손이 시린데 나의 손만큼만
손이 시린 거야
추워보자고 좀 추워보자고 발가벗고 바람을 맞아봐도
나는 자꾸 나의 몸만큼만
추운 것이다 자꾸 나의 몸만큼만

그때부터 달라졌던 거 같다

그때부터 너의 추위를 느껴보고 싶었지 그때부터

이슬

너의 추위를 느끼고 싶어서

떨면서 자고 있는 너를 안았는데

자꾸만 따뜻해지는 것이다 자꾸

따뜻해지기만*

---

* 「기후」 p.152

능숙과 미숙

처음이라는 거짓말

—

『쇼코의 미소』

최은영(문학동네, 2016)

해피 뉴 이어!

아니아니, 아무리 생각해도 이건 너무 가식적이야.

언해피… 뉴… 이어….

뭐 이렇게 기운 빠지는 인사가 있나 싶겠지만 새해를 맞이하는 솔직한 내 심정은 그랬어. 새해 첫날부터 죽어라 일만 했거든. 올해는 1월 1일이 금요일이라서 짧은 연휴가 생겼잖아. 전염병 때문에 해돋이를 보러 갈 수도 없으니 집에서라도 실컷 먹고 마시려는 사람들이 벌떼처럼 마트로 몰려들었어. 덕분에 연휴 내내 파인애플을 하루에 백 통씩 썰었어. 내가 모르는 사이에 우리나라의 새해맞이 음식이 떡국에서 파인애플로 바뀐 건가 싶더라.

연휴 마지막 날 근무를 마치고 탈의실에서 옷을 갈아입는데 문득 그런 생각이 들었어. 이번에도 마트에서 새해를 맞는구나. 작년에도 그랬고 재작년에도 그랬던 것처럼. 그리고 어쩌면 내년에도 나는…….

햇수로만 따지면 벌써 10년째야. 처음 마트에서 일하기 시작했던 게 스물한 살 여름이었으니까. 그런데 있지, 이제는 눈 감고도 할 수 있을 만큼 익숙한 일이지만 새로운 매장에서 근무를 시작할 때마다 나는 매번 초짜 코스프레를 해. 이

일을 시작한 지 얼마 되지 않은 척, 그래서 아무것도 모르는 척. 긴장한 척, 미숙한 척, 위축된 척. 그게 바로 내가 터득한 생존법이야.

매장마다 분위기가 다르긴 하지만 마트는 기본적으로 텃세가 심한 곳이야. 고용 형태가 워낙 불안정하다 보니 매출이 떨어지면 쥐도 새도 모르게 내 자리가 사라지거든. 옆 사람이 잘하면 잘할수록 내 밥줄이 위태로워지는 상황에서 어느 누가 새로운 사람을 환영할 수 있을까. 애초에 서로를 견제할 수밖에 없는 구조인 거야.

그래서 나는 깍두기가 되기로 했어. 어설프고 만만해서 무해한 사람. 순진하고 무능해서 경쟁 상대가 되지 않는 사람. 결과적으로 그건 무척 훌륭한 전략이었어. 처음에는 곁을 주지 않던 언니들도 어느새 다가와 나를 챙겨주기 시작했거든. 그럴 때마다 나는 무능을 연기했어. 가장 기본적인 것들을 알려줘도 처음 듣는 척 눈을 크게 뜨고 고개를 끄덕였지. 때로는 귀한 정보를 얻은 것처럼 볼펜을 꺼내 메모도 했어.

사람은 참 복잡하면서도 단순해. 아무 말도 하지 않기로 작정한 듯 입을 꾹 다물고 있다가도 눈을 마주치고 경청의 자세를 취하면 기다렸다는 듯 온갖 이야기를 쏟아내거든. 그런 방법으로 언니들과 빠르게 친해졌어. 나만 아는 깍두기

놀이를 하면서.

시간이 지나고 나서야 나는 투이의 유치한 말과 행동이 속깊은 애들이 쓰는 속임수였다는 사실을 깨닫게 됐다. 그런 아이들은 다른 애들보다도 훨씬 더 전에 어른이 되어 가장 무지하고 순진해 보이는 아이의 모습을 연기한다. 다른 사람들이 자신을 통해 마음의 고통을 내려놓을 수 있도록, 각자의 무게를 잠시 잊고 웃을 수 있도록 가볍고 어리석은 사람을 자처하는 것이다. 진지하고 냉소적인 아이들을 어른스럽다고 생각했던 그때의 나는 투이의 깊은 속을 알아볼 도리가 없었다.
_p.85~86

나는 망설임 없이 대답할 수 있어.

이슬아. 너는 내게 능숙했어. 내가 네게 능숙했는지는 잘 모르겠지만 너는 언제나 내게 능숙했고, 또 유능했어. 하지만 너는 늘 말하지. 나를 잘 모르겠다고.

이 세상에 너보다 나를 잘 아는 사람은 없어. 이것만큼은 정말이지 확신할 수 있어. 너는 알아. 내가 뭘 좋아하고 뭘 싫어하는지. 어떤 것에 약하고 어떤 것에 강한지. 사람들 앞에서 보여주는 내 모습이 어디까지 진짜인지. 내가 어떤 순간 가장 잔인해지는지. 무엇에 울고 웃는지, 어떤 농담을 받아들이지 못하는지. 나의 기쁨과 슬픔, 결핍과 욕망, 후회와 망설임. 형편없이 망가졌던 부분, 그러나 절대 들키고 싶지 않은 흉터. 그런 것들을 너는 전부 아는데. 때로는 나보다도 나를 더 잘 아는 것 같아서 가끔 놀라곤 하는데.

그런 네가 나를 모른다고 말할 때, 나는 그게 너무 고맙고 안심이 돼. 모른다는 말은 더 알고 싶다는 고백처럼 들려서. 앞으로도 계속 내가 궁금할 거라는 약속 같아서. 내가 아는 그 어떤 능숙보다 유창한 너의 미숙에, 네가 연기하는 무능과 무지에 자꾸만 속고 싶어져. 그래서 나를 붙잡고 이것저것 알려주던 언니들처럼 너에게 더 깊은 속마음을 털어놓게 되나 봐.

우리는 앞으로도 아주 오래 서로를 모를 거야. 몰라서 계속 서로를 배울 거야. 오늘도 내일도 처음인 것처럼 서로의 미숙함에 기뻐하며 너를 오래 배우고 싶어.

그러니 나는 능숙함을 숨기고 매번 새롭게 초짜가 될게. 네가 나를 모른다고 말할 때.

이
슬

편지25.

최대한 까먹으시오

—

『우리의 초능력은 우는 일이 전부라고 생각해』

윤종욱(민음사, 2020)

그거 알아? 나, 장갑 못 끼는 거.

　　지금쯤 너는 내가 널 만날 때 장갑을 긴 적이 있는지를 생각할 거야. 너는 나보다 기억력이 좋으니까 쉽게 알아낼 거야. 그러네? 김이슬, 장갑 긴 걸 본 적이 없네? 어디 장갑뿐이겠어. 나는 시계도 못 차. 안 차는 게 아니라 못 차는 거야. 손이 저리거든. 정말 저린 건지, 저린 느낌을 저리다고 착각하는 건지는 몰라도 어쨌든.

　　나는 예민하긴 해도 까탈스러운 편은 아닌데, 이런 내가 극성을 부리는 게 딱 하나 있어. 바로, 안경이야. 나는 안경원에서 제일 달가워하지 않는 손님이야. 진상도 이런 진상이 없어. 안경 피팅에만 삼십 분을 더 쓰니까. 그게 끝이 아니야. 그러고도 몇 번을 더 찾아가. 아무래도 불편하다면서, 그런데 어디가 어떻게 불편한지는 잘 설명 못 하면서 안경사의 속을 뒤집을 대로 뒤집어 놓지. 그리고 그들의 안색이 굳어질 대로 굳어질 때쯤 나는 이런 얘길 들어.

　　"너무 거기에만 신경을 쓰시면 안 돼요. 최대한 까먹으세요."

　　그러니까 나는 시계의 감각이나 장갑의 감각, 안경의 감각을 최대한 까먹을 수 없는 거야. 최대한 까먹으란 말은 어쩐지 최대한 까먹지 말라는 말처럼 들려. 절대 까먹지 말라는.

그러나 내가 추는 춤은

멈춤이었다는 것

나는 이전과는 전혀 다른 사람이 될 거래

뒷모습이 퇴화되어 돌아설 줄 모르는

온통 코앞이어서

모르는 척할 줄 모르는

(…)

필사적으로 제자리의 위치를

필사하고 있었다는 것

나는 요즘 불면에 대해 걱정하느라 잠도 잘 못 자 *

신이 인간에게 준 최고의 선물은 망각이라고들 해. 다정이 너는 이 말에 동의할 수 있어? 나는 글쎄. 크리스마스이브 날, 산타에게 받고 싶은 선물을 미리 적어 빨간 양말 안에 넣어 두는 것처럼 인간이 신에게 꼭 받아 내고 싶은 하나가 있다면 그게 망각이어서 저런 말을 만들어 낸 게 아닐까. 아직 아무것도 받은 게 없어서 우리에게 필요한 건 다른 게 아니라 바로 이거라고 무진장 티를 내는 거야. 누구도 아닌 신을 상대로.

---

* 「무슨 말인지 알지」 p.106

국어사전에서는 망각을 아주 짧은 한 줄로 정의해. '어떤 사실을 잊어버림.' 성의가 없다기보단 그들 역시 망각에 대해선 아는 게 없어 보여. 가진 적도 경험한 적도 없어서인 거 같아. 물론 이보다 더 흥미로운 정의가 있긴 해. 다른 사전에서는 망각을 이렇게 설명하고 있어. "기억하기 위해 우리는 필요한 경우 저장소에서 그 정보를 끄집어낼 수 있어야 하는데 이것을 인출이라 하며, 저장소에서 정보를 끄집어낼 수 없으면 우리는 망각이라고 한다." 즉, 망각이란 "기억에서 아주 사라진 상태"°를 뜻해.

이쯤 되면 궁금한 게 생겨. 끄집어낼 수 없는 상태는 사라진 상태가 아니라 찾지 못하는 상태에 더 가깝지 않나. 내 방에서 내가 찾지 못하는 거라면 그건 제자리에 두지 않아서라고. 어제와는 다른 장소에 두거나 아무 데나 함부로 두거나 부러 잘 보이지 않는 곳에 숨겨 두거나 말이야. 내 방까지는 들고 온 게 기억이 나는데, 그건 분명한데 그 후가 기억나지 않는다면 백이면 백, 앞에서 말한 세 가지 경우 중 하나일 거야. 그리고 그런 것들은 잊은 척 지내다 보면 아주 높은 확률로 뜻하지 않은 순간에 뜻하지 않은 곳에서 발견돼.

———
° 네이버 지식백과 산업안전대사전

✦   이슬

다정아. 너는 눈물이 없는 편이잖아. 그런데 난 눈물이 무지 헤픈 편이거든. 영리하게 울 수 있다고 해야 할까. 눈물이 필요한 순간에 눈물을 흘릴 줄 아는 사람. 웃음이 아닌 꼭 울음이어야지만 해소되는 것들이 있으니까. 기분이 처지거나 명치가 답답할 때, 이불자락을 손수건처럼 손에 쥐고 엉엉 울다 보면 오케이 사인이라도 떨어진 것처럼 머쓱한 기분이 들고, 그러고 나면 이내 마음을 추스르고 다시 냉장고 앞에 서게 돼. 씩씩하게 밥을 차려 먹고 따뜻한 물로 몸을 씻고 생활을 정리할 힘이 생기는 거야. 눈물이란 게 그래.

그런데 있지. 가끔은 눈물이 내 마음대로 되지 않을 때가 있어. 바로, 기억을 동반할 때야. 그때는 모든 게 내 통제를 벗어나. 몸속에서 무언가가 다 빠져나갈 때까지 속수무책으로 당하는 수밖엔 없어. 길을 걷다가도, 머리를 감다가도, 맛있는 걸 먹다가도, 자려고 눕다가도 대뜸 시작되니까.

기억은 저들끼리 친해서 하나의 기억이 고개를 들면 나머지 것들도 줄줄이 고개를 들어. 나는 어제 저녁으로 내가 뭘 먹었는지도 기억하지 못하는 기억력 젬병인 사람인데 이때 떠오른 기억들은 도리어 의구심을 가질 만큼 생생해. 너무 진짜 같으면 약간은 낯설듯이 말이야.

최대한 까먹으시오

원한 적 없는 기억이 마음을 어지럽히면 그 자리에서 가만히 자세를 유지해. 경직된 채로 미동도 않는 거야. 최대한 완강히 방어 자세를 취하는 거지. 이때 나는 뾰족한 서랍으로 가득 찬 좁은 방에 갇힌 거나 다름없어서 조금이라도 자세를 틀거나 눈길을 돌리면 또 다른 서랍이 열리기 시작해. 그 서랍 속엔 내가 언젠가 잃어버렸거나 혹은 잊어버렸다고 착각한 것들이 들어 있을 거야.

내 방에선 아무것도 아주 사라지지 않아.

태양이 가까워질 때까지
우리는 난간 앞으로 몰려들었다
눈부신 눈을 꺼내
서로에게 던졌다
핑퐁처럼
(…)
보는 눈이 있는 사람이라면
시간이 충돌하는 순간을
믿어 보기로 했다
(…)

이슬

우리는 죽도록 마주쳤다

난간 위에서

눈앞의 앞날을 내다봤다*

　최대한 까먹으란 말은 어쩌면 가능한 말처럼 들려. 우리가 할 수 있는 건 까먹는 일을 완수하는 것이 아니라 최대한으로 까먹으려는 딱 그 정도일 테니까.

　그러나 아무것도 아주 사라지지는 않는 방 안에서 내 공간을 넓히는 방법은 어지러운 주위를 최대한 까먹으려는 시도가 아닌 정리하려는 시도일 거야. 보이지 않는 곳에 처박아 두는 대신 아주 잘 보이는 곳에 차곡차곡 쌓아 빠짐없이 그 자리를 인지하는 일일 거야. 그러다 운이 좋으면 가려져 있던 방문을 발견할지도 몰라.

　어제는 인터넷에서 장갑을 주문했어. 팔꿈치까지 오는 아주 긴 장갑인데 내가 이제껏 본 장갑 중 제일 길어. 그 장갑을 끼면 내 팔의 절반은 장갑과 닿아 있는 셈이야. 장갑이 도착하면 그걸 끼고 아주 긴 산책을 다녀올 생각이야. 장갑의 감각을 잊지 않고 반드시 느끼며 말이야.

---

* 「타이밍」 p.86

한때 우리의 모든 울상이었던

너에게

기립하는 자신과 직면하게 될 무렵을 선물할게[*]

산책의 시작은 방문을 나서는 것부터겠지.

---

* 「누구에게」 p.13

이슬

편지26. 현

잊으려 노력할수록 선명해지는

—

『백화점』

조경란(톨, 2011)

편지를 쓰려고 천근만근 무거운 몸을 겨우 일으켜 앉았어. 오랜만에 달리기를 했더니 근육(내 몸에 그런 게 있다면……)이 놀란 모양이야. 지난주까지만 해도 온 세상이 꽁꽁 얼어붙을 것처럼 춥더니 오늘은 한낮 기온이 12도까지 올라간다는 거야. 이때다 싶어서 가벼운 점퍼를 걸치고 집을 나섰지. 롱패딩 말고 다른 옷을 입고 나가는 게 너무 오랜만이라서 어색하더라.

오늘의 목표는 어떻게든 몸을 피곤하게 만드는 거였어. 침대에 눕자마자 바로 곯아떨어질 수 있도록. 이런 노력을 하는 내가 낯설었어. 다른 건 몰라도 잘 자는 것만큼은 세상 그 누구에게도 지지 않을 자신이 있었거든.

벌써 보름 가까이 잠을 설치는 중이야. 갑자기 시작된 이명 때문에.

처음에는 귓속에 벌레가 들어간 줄 알았어. 평소처럼 침대에 누워 책을 읽고 있는데 오른쪽 귀에서 이상한 소리가 들리는 거야. 소름이 확 끼쳐서 벌떡 일어나 면봉으로 귀를 후볐어. 다행히 뭔가 움직이는 것 같지는 않았어. 그냥 귀가 간지러운 거였나? 대수롭지 않게 생각하며 다시 누웠지. 그런데 이번에는 더 크게 들리는 거야.

샤샤샥.

슉슉슉.

슉슉슉.

그 소리를 글로 표현하면 대충 이런 느낌이야. 이렇게 말해도 아마 상상하기 어려울 거야. 나도 그랬으니까. 지금까지 나는 이명이라는 말을 들으면 막연히 '삐' 하는 소리를 떠올렸어. 하지만 알고 보니 이명에도 여러 종류가 있더라. 내 경우처럼 일정한 리듬에 맞춰 샤샥 슉슉 소리가 들리는 건 박동성 이명이라고 한대. 스트레스 혹은 귀 주변의 혈관 이상이 주된 원인이라는데 간단히 말하면 귀에서 심장 소리가 들리는 거야.

박동성 이명 환자들 중에는 유독 불면증을 호소하는 사람이 많아. 생활 소음이 있는 낮에는 상대적으로 신경이 덜 쓰이지만 밤이 되면 그 소리가 너무 또렷하게 들려서 거기에만 집중하게 되거든. 나는 내 심장이 어떻게 뛰고 있는지 소리를 통해 알 수 있어. 겪어 보니 이건 뭐랄까, 조금 징그러운 느낌인 것 같아.

대부분의 이명은 명확한 원인을 파악할 수 없고, 그래서 완치율도 낮은 편이래. 인터넷을 샅샅이 뒤져 봤지만 딱히 도움이 될 만한 정보는 찾지 못했어. 오랫동안 이명에 시달린 사람들은 입을 모아 말해. 그저 무시하는 게 최선이라고. 너무 의식하다 보면 결국 일상이 망가져 버린다고.

> 만약 당신이 엘리베이터를 기다리는 동안 초조해진다면 그건 당신이 지금 무엇인가 기다리고 있다는 것을 의식하고 있기 때문이다. 즉 시간에 쫓기는 사람인 것이다. 실제 대기 시간과 감각적 대기 시간은 다르다. 초조감이 커질수록 대기 시간은 길어진다. 그럴 땐 엘리베이터 주변으로 눈을 돌리는 게 좋다.
> _p.328

하지만 그게 내 마음대로 된 적은 아직 없어. 네 말대로 최대한 까먹으라는 말은 어쩐지 최대한 까먹지 말라는 말처럼 들려서. 이명을 의식하지 말자고 다짐한 순간부터 나는 조금씩 초조해지기 시작해. 샥샥샥, 쇽쇽쇽, 슉슉슉. 내 심장 소리에 쫓기는 것처럼. 심장이 두근두근 뛴다는 건 다 거짓말이야.

아마도 두려움일 거야. 이명 환자들이 정말로 이겨 내야 하는 것은. 이대로 평생 내 심장 소리를 들으며 살아야 할지도 모른다는 두려움. 혹시 큰 병이 생긴 건 아닐까? 최악의 상황을 상상하는 두려움. 두려움에는 사람을 집중하게 만드는 힘이 있어. 함부로 눈 돌릴 수 없도록. 그건 일종의 생존 전략일지도 몰라. 관심을 주지 않는 순간 두려움은 흔적도 없이 사라져 버리니까.

두려움이라고 말하면 거창하게 들릴지도 모르겠지만 꼭 그런 것만은 아니다. 관계나 소통에 대한 두려움도 있지만 거미에 대한 두려움, 무지에 대한 두려움, 지하철을 타는 것에 대한 두려움, 넓은 장소 혹은 비좁은 장소에 있는 것에 대한 두려움, 비행기를 타는 것에 대한 두려움도 있다. 두려움의 종류는 우리가 일반적으로 알고 있는 것보다 훨씬 많고 다양하다. 나는 타인에 관해 알고 이해하게 되는 가장 좋은 방법이 그가 갖고 있는 두려움에 관해 대화하는 거라고 생각했다. 어쩌면 내가 갖고 있는 두려움을 털어놓고 싶었는지도 모르지만 말이다.

_p.46~47

두려움을 이겨 내는 나의 방식은 그 두려움을 어딘가에

털어놓는 거야. 일기장이나 카카오톡 대화창에, 때로는 인스타그램에. 맞서 싸울 용기는 없어서 나는 그것에 대해 계속 얘기해. 마침내 그 두려움이 지겨워질 때까지. 집중력이 흐트러져 나도 모르게 다른 쪽으로 눈이 돌아갈 때까지. 망각이 어렵다면 적응을 택하고 싶어. 익숙한 건 자연스럽게 흐릿해지니까.

여기까지 쓰고 나서야 깨달았어. 이 글을 쓰는 동안 한 번도 심장 소리를 듣지 못했다는 걸. 이 정도면 잘 까먹은 것 같아. 오늘 밤에도 그러면 좋을 텐데.

네가 산 그 장갑, 다음에 만날 때 가져와. 아주 긴 장갑을 한 짝씩 나눠 끼고 장갑에 대해 실컷 떠들어 보자. 무슨 이야기를 해도 늘 옆길로 새는 우리는 장갑에서 시작해 곧 온갖 것들에 대해 수다를 떨게 될 테니까. 그러다 보면 한 시간쯤 장갑의 감각을 잊을 수 있을지도 몰라. 그건 그런대로 의미 있는 성공이지 않을까.

떠들다 지쳐 목이 따끔거릴 때. 지금 몇 시지? 시간이 얼마나 지났는지 확인하려고 핸드폰을 찾던 네가 깜짝 놀라며 이렇게 말한다면 조금 뿌듯할 거야.

아, 맞다! 나 장갑 끼고 있었지!

이
슬

편지27.

나는 당신의 증거

—

『백야의 소문으로 영원히』

양안다(민음사, 2018)

외할머니가 그러셨대.

"요 뺑아리들은 순자, 니 담당이다. 안 죽고로 함 잘 키아 봐라."

하필 순자네 닭이 병아리를 스무 마리나 까는 바람에 그 노란 것들은 죄다 순자 씨 몫이 됐어. 마을에서 제일 풍족한 집이었던 순자네 어른들은 소랑 돼지 돌보기도 바빴대. 거기다 농사일까지. 그러니 별수 있어? 저들 살기도 바쁜 어린 동생들 대신 맏딸인 순자 씨가 병아리를 책임지는 수밖에. 그때 순자 나이가 열넷이었어. 중학교 일 학년. 순자 씨는 그때를 이렇게 회상해.

"힘에 부치더라고. 나도 어렸잖아. 고작 중학생이었는데. 그때는 요즘처럼 사료가 어딨어. 들이며 산이며 죄 그것들 먹일 풀 뜯으러 다녔지. 학교 다녀와서 걔들 밥 먹이면 하루가 다 갔어. 씀바귀를 젤루다가 잘 먹어. 병아리는 씀바귀."

씀바귀를 먹고 자란 아이들은 한 놈도 빠짐없이 건강한 닭이 됐어. 개중 몇 마리는 꼭 아프거나 비실비실하다가 죽기 마련인데, 순자의 병아리들은 그렇지 않았던 거야. 노란색 솜털이 빠진 자리엔 억센 주황색 털이 자라고 노란색 부리는 점점 더 단단해지면서 누가 봐도 멋진 닭이 된 거지. 외할머

이슬

니가 그러셨대. 아이고. 야야. 니가 재주가 있다 있어.

그러면서 순자는 생각한 거야. 내가 키우는 데 소질이 있나?

딸은 엄마 팔자를 닮는다는데 어쩐지 내 병아리들은 죄 골골댔어. 왜, 초등학교 교문 앞에서 한 마리에 오백 원씩 파는 병아리들 있잖아. 나는 걔넬 보면 그냥 지나치지를 못했는데 안 된다는 순자 씨 말을 기어이 어기고 데려온 병아리들은 일주일도 채 못 가서 비실거렸어. 사료도 안 먹고 걷지도 않고 종일 누워만 있었지. 거의 죽은 것처럼 말이야. 가끔은 정말 죽은 건가 싶어 손을 가져다 대면 그 조그만 게 아직은 따뜻한 몸으로 색색 숨을 쉬고 있었어.

그런데 그런 애들이 순자 씨 손만 타면 언제 그랬냐는 듯 쌩쌩해지는 거야. 숨 죽은 털은 빵빵해지고 감긴 눈꺼풀은 힘 있게 들리고. 열심히 먹고 힘차게 울면서 온종일 집 안을 돌아다녔어. 그때마다 나는 도대체 어떻게 한 거냐고 물었는데 순자 씨는 웃기만 하더라. 본인도 잘 모르는 눈치였어. 순자 씨의 손을 타고 닭이 된 애들은 내가 다니던 초등학교 운동장의 작은 텃밭으로 옮겨졌어. 너무 커지는 바람에 더는 집에서 키우질 못했거든. 그곳엔 다른 닭들도 있었어.

나는 수업이 끝나면 꼭 텃밭으로 걔네를 보러 갔어. 그러면서도 누가 우리 집 닭인지는 구분하지 못했어. 내 눈엔 죄 똑같이 생긴 애들뿐이었거든. 꼬꼬야~ 불러도 알아듣질 못하니 그 앞에서 매번 울상이었는데 순자 씨는 단박에 어느 닭이 우리 집 닭인지를 알아봤어. 그리고 내게 알려 줬어. 쟤가 꼬꼬라고. 꽁지가 길고 색이 예쁜 애가 우리 꼬꼬라고. 그럼 나는 한 치의 의심 없이 그런가 보다 했어. 순자 씨가 꼬꼬를 못 알아볼 일은 없을 거였거든.

> *눈을 감을 때 보이는 어둠이 모두에게 같을 수 있을까 누가 더 어둡게 보이는지에 대해 대화를 나누다가 사실 나무는 야행성이 아닐까, 낮잠을 자는 동안 자신에게 보이는 어둠을 그늘로 펼쳐 놓는 것일지도 모른다고 생각했다*[*]

엄마의 우는 모습을 보는 일은 이상한 마음이 들게 해. 같이 슬프다가도 이유를 모르겠고, 왜 우는지 알 것 같아서 더 짜증이 나.

내가 기억하는 순자의 가장 오래된 눈물은 나를 데리고 남편이 있는 집에서 나와 무작정 가장 친한 친구네 집으

---

[*] 「불가항력」 p.96

로 향하던 차 안에서였는데, 나는 굳이 룸미러를 통하지 않아도 운전석에 앉은 순자 씨의 표정을 알 것 같았어. 어깨가크게 들썩거렸거든. 차가 신호에 걸릴 때마다 순자 씨는 급하게 옷소매로 눈가를 훔쳤는데 그게 눈물이 흐르는 속도를따라가지는 못하는 듯했어. 장대비가 쏟아지는 날에 와이퍼가 비가 내리는 속도를 따라가지 못하는 것처럼 말이야.

나는 순자 씨가 저렇게까지 우는 이유를 알 것도 모를 것도 같아서 뒷좌석에 그냥 가만히 앉아 있었어. 순자 씨는 내게 계속 미안하다고 그랬는데 미안하다 말하기도 미안할 때엔 윗니로 입술을 꽉 깨물었어. 피가 통하지 않아 점점 하얘지는 아랫입술을 보며 나는 생각했어. 얼마나 미안하면 저렇게 입술을 꽉 깨물 수 있지?

아마도 순자에게 보이는 어둠이 아직은 순자에게만 보여서였던 것 같아. 그러니까 아직은. 그 미묘하게 더 깜깜한 어둠을 순자 씨는 필사적으로 숨기고 싶었던 거야. 그것들이딸에게까지 번질까 무서웠던 거야.

너와 미래를 이야기한다는 것 우리는 언제나 밤에 대
화를 나누었지만 미래를 떠올리면 어둠보다 환한 빛이

떠오르지 과거라는 게 존재하지 않는다는 듯이 침대에 누운 채 눈을 감거나 서로의 눈을 감겨 주겠지 서로의 미래가 놀랍도록 닮았다는 걸 알게 되면 나는 너에게서 어떤 슬픔이 무너져 내리는 것을 보고 너도 나에게서 같은 것을 보게 될 거야*

순자는 노력했어. 잘 키우고 싶었거든. 본인의 재주를 살려 어둠이 아닌 빛만을 물려주고 싶었거든. 그런데도 순자는 별수 없이 내게서 본인의 미래를 보는 거야. 발버둥 쳐도 달라지지 않는 오늘과 분명 나아간다 믿었는데 뒤를 돌아보면 제자리걸음이었던 나날들 그리고 깜깜할 내일까지. 순자는 너무 싫었어. 모든 게 반복되는 게, 결국 반복될 거란 게 무서울 때마다 혼잣말처럼 말했어.

"너는 나를 닮으면 안 돼. 너는 나처럼은 안 돼."

순자 씨는 요즘 화분을 키워. 요즘도 아니야. 좀 됐어. 지금 집으로 이사를 오면서 18년 만에 가져 보는 조그만 베란다가 뭐가 그리 휑하다며 하나둘 사 모으기 시작한 게 이렇게 된 거야. 아주 작은 화분에서부터 이건 나무 아닌가 싶은

———
* 「밝은 성」 p.28

화분들까지. 순자의 화원은 작지만 다채로워.

순자 씨의 하루는 화원을 순찰하는 것으로 시작해. 밤새 별일은 없었는지, 흙이 마르진 않았는지, 부러진 줄기나 새로 나는 잎사귀는 없는지 살피는 거야. 그러면서 미리 받아 놓은 수돗물로 물을 주고 길어서 휘기 시작한 줄기는 그 옆에 막대기를 꽂아 더는 휘지 않도록 동여매 줘. 너무 빽곡해서 골고루 햇빛을 받지 못하는 화분은 적당히 가지를 치고 추위에 약한 화분은 잠깐 집 안으로 데려오기도 해. 가끔은 딸인 내가 질투가 날 만큼 걔네를 아끼면서도 순자는 그래.

"나는 화분 키우는 데엔 소질이 없어."

그러면 나는 내 귀를 의심해.

"뭐라고? 엄마가 소질이 없으면 누가 소질이 있어."

순자 씨는 본인이 잘 돌보지 못해서 화분이 죽는다고 생각하는 눈치야. 조금이라도 잎이 시들거나 줄기가 처지면 저런 소릴 하거든. 나는 정말 화분 키우는 데엔 소질이 없다고.

사랑하는 사람과 죽이고 싶은 사람을 구별하기 시작했다[*]

아마도 순자가 가장 아끼는 화분은 가장 자주 집 안으

---

[*] 시인의 말 p.5

로 들어오는 화분일 거야. 우리 집 주방은 베란다와 딱 붙어 있어서 미닫이문을 사이에 두고 베란다랑 식탁이 나란히 있는데, 찬바람은 막아 주면서 햇빛은 듬뿍 받을 수 있는 바로 그 식탁 위가 순자 씨가 화분을 들여놓는 자리야. 그녀는 멋쩍은 목소리로 말해.

"아니, 죽으면 내다 버릴 텐데 이게 자꾸 안 죽잖아. 자꾸만 살아나잖아. 죽지도 않은 걸 어떻게 버려."

순자 씨가 손으로 가리킨 곳에는 줄기 끝으로 조그만 자주색 봉오리가 맺혀 있었어. 그 화분은 재작년 나랑 순자 씨가 길가 트럭에서 데려온 거였는데 첫 번째 겨울은 어찌저찌 견디고 두 번째 겨울부턴 곧 죽을 것처럼 시들시들했거든. 더는 봉오리도 맺히지 않고 꽃대도 축 처지고.

이럴 때면 나는 이의를 제기해.

"엄마. 내다 버리면 죽는 거지. 죽으면 내다 버리는 게 아니라 내다 버리면 죽는 거야. 그러니까 일단 그냥 버리면 돼."

내 이상한 억지에도 순자 씨는 그냥 웃기만 해. 실은 그녀가 그것들을 얼마나 사랑하는지, 이제는 그녀 스스로도 알면 좋겠어.

그런데도 순자가 본인을 의심하는 걸 멈출 수 없을 때,

이슬

나는 그녀를 위해 무엇을 할 수 있을지 고민해 봐. 순자의 화원에서 가장 오래된 화분인 내가 자꾸만 살아난다면, 추운 계절이면 빠지지 않고 앓더라도 그래서 화원의 주인인 순자 씨의 마음을 조금 아프게 하더라도 그다음 봄이면 여지없이 말간 봉오리를 맺는다면.

> 나는 네 손을 붙잡았다 네가 내일의 너를 고민할 때 손을 떨까 봐[*]

순자는 알까. 그녀가 나를 붙들던 방식이 곧 그녀가 화분을 이해하는 방식임을.

하지만 순자 씨는 끝내 모를 거야. 계속해서 모를 거야. 그 옛날 순자가 보았던 깜깜한 어둠이 벌써 내게 도착했다고 믿는 그녀이니까.

그런데 있잖아. 그래서 나는 더 잘 살고 싶어져. 계속 살고 싶어져. 마침내 환한 빛에 닿아서 순자의 가장 오래된 증거가 되고 싶어져.

---

[*] 「알렙들」 p.30

빛과 빛이 교차할 때

빛과 빛의 교차점에는 또 다른 빛과 빛

그리고[*]

---

[*] 「If we live together」 p.60

이슬

목격자를 찾습니다

—

『이세린 가이드』

김정연(코난북스, 2021)

유년기의 한 시절에 나는 드라마 미술 감독이 세상에서 제일 멋있는 직업이라고 생각했었어. 만화보다 드라마를 좋아하는 어린이였던 나의 일주일은 드라마를 기준으로 흘러갔어. 월화드라마부터 시작해 수목드라마, 일일드라마, 주말드라마까지 전부 챙겨 보고 나면 한 주가 끝나 있었지.

그중에서도 가장 열심히 봤던 건 MBC에서 방영됐던 월화드라마였어. 한 시간이 어떻게 지나갔는지도 모를 만큼 재미있는 드라마가 끝나고 예고편이 나오면 바짝 긴장한 채로 집중했어. 절대 놓치면 안 되는 게 있었거든. 화면 왼쪽에 빠르게 지나가는 이름들. 눈을 크게 뜨고 그걸 뚫어져라 바라보다가 아는 이름을 발견하면 반갑게 외치곤 했어.

"어! 찾았다!"

그 사람은 윗집에 사는 아저씨였어. 그때 우리는 총 다섯 가구로 이루어진 3층짜리 빌라의 2층에 전세를 얻어 살고 있었어. 나는 주인집인 3층을 뻔질나게 드나들었어. 그 집에 사는 한 살 많은 언니와 단짝처럼 지냈거든. 한 층을 두 가구로 나눈 우리 집과 다르게 3층을 전부 쓰는 언니네 집은 무척 넓고 쾌적했어. 거실 천장 한쪽이 유리로 되어 있어서 구름이 지나가는 모습이 보였고, 독특한 구조의 다락방도 숨겨져 있었어. 모두 아저씨가 직접 설계에 참여해 만든 것들이었어.

아저씨는 MBC 미술센터에서 일했어. 주로 드라마를 담당했는데 그쪽 업계에서는 꽤 유명해서 종종 신문에 나오기도 했어. 한번은 아저씨의 초대를 받아 빌라 사람들과 함께 방송국으로 견학을 갔어. 텔레비전에서만 보던 드라마 세트장과 뉴스 스튜디오를 구경하고 연예인들이 지나다니는 구내식당에서 밥을 먹었지. 그날 나는 하루 종일 감탄사를 연발했어. 방송국은 그때까지 가 봤던 그 어떤 장소보다 신기하고 근사한 곳이었거든.

그렇게 대단한 곳에서 일하는 사람을 안다는 게 자랑스러워서 아저씨가 만드는 드라마는 무슨 일이 있어도 꼭 챙겨보곤 했어. 미술 ○○○. 그 자막을 발견하면 이상하게 가슴이 뛰었어. 아마도 그때부터 시작됐을 거야, 크레딧을 열심히 보는 습관은.

영화관에 가면 늘 눈치를 보게 돼. 나는 영화가 끝난 뒤 천천히 올라가는 엔딩 크레딧을 바라보며 가만히 자리에 앉아 있는 걸 좋아하거든. 하지만 멀티플렉스 극장에서는 한번도 크레딧을 끝까지 본 적이 없어. 거기서는 모두가 바쁘니까. 관객들은 마지막 장면이 끝나기 무섭게 짐을 챙겨 자리에서 일어나고, 할 일이 많은 직원들은 관객이 다 나가기도 전에 불을 켜고 청소를 시작하지. 조금 더 앉아 있고 싶지만 분주한 분위기 속에서 혼자 여유를 부리기는 왠지 민망해서 결국 나도 슬그머니 일어나 상영관을 빠져나오곤 해.

그래서 정말 보고 싶었던 영화가 개봉하면 두 시간 가까이 버스를 타고 일부러 서울까지 갔어. 내가 가장 좋아했던 곳은 광화문의 한 방송사 건물 1층에 있는 작은 영화관이야. 76석짜리 상영관 하나가 전부인 그곳에서는 엔딩 크레딧이 다 올라갈 때까지 자리를 지키는 게 암묵적인 규칙이었어. 서둘러 일어나는 사람도 없고, 퇴장을 재촉하듯 성급하게 불이 켜지지도 않았지.

영화가 시작되기 전의 침묵이 설렘이라면 영화가 끝난 뒤의 침묵은 애틋함이야. 함께 울고 웃으며 이야기 속에 빠져들었던 사람들과 어둠 속에서 조용히 엔딩 크레딧을 보고 있으면 한 세계를 배웅하는 기분이 들었어. 아래에서 위로 올라가며 천천히 사라지는 수많은 이름들. 할 수만 있다면 그들에게 알려 주고 싶었어. 당신이 만든 세계를 우리가 목격했다고. 그곳에서 잠시 행복했다고.

최근 3대 인체 냉동 보존 회사 중 한 곳이 한국 내에서도 서비스를 시작했다. 아닌 게 아니라, 실제로 동창들 사이에서 냉동 난자 계모임을 만들자는 말이 나온 적도 있었지. 사실 우스갯소리라고 생각하고 넘겼는데, 이 중 한 친구는 정말로 시술을 받았다. 그런 생각을 하게 될 때가 있다. 누군간 레코드를 녹음하고, 누군간 글을 게시하고, 누군간 기록을 재고, 누군간 출마를 하고… 또 누군간 자식을 낳기로 결심하고. 어떠한 형태로든 각자의 방식으로 크레딧을 남기고 싶어하는 게 틀림없다고. 누구든 사는 동안엔 목격자를 필요로 한다고.

_p.233~234

책이 출간되고 출판사에서 보내 준 증정본이 도착하면 제일 먼저 하는 일이 있어. 판권면을 펼쳐 내 이름을 찾는 거야. 지은이 하현. 또렷하게 인쇄된 다섯 글자를 확인하면 그제야 내가 또 한 권의 책을 냈다는 걸 실감하게 돼.

아이를 낳을 생각이 없다고 말할 때마다 나는 이렇게 덧붙이곤 했어. 모든 게 차고 넘치도록 많은 세상에 굳이 무언가를 남기려는 사람들이 이해되지 않는다고. 이미 너무 많은 것들이 손쓸 수 없을 정도로 망가진 이 세계에 나를 닮은 그 어떤 것도 남기고 싶지 않다고. 하지만 내 이름이 적힌 판권면을 손끝으로 가만가만 쓰다듬다 보면 문득 이런 생각이 들어.

"혹시 나도 무엇인가로 남고 싶어 하는 건가?"
_p.233

우리는 왜 이 편지를 쓰고 있을까? 밥을 먹여 주지도, 명예를 가져다주지도 않는 글쓰기를 왜 그만두지 못하는 걸까? 만약 단 한 명의 독자에게도 닿을 수 없다면 그래도 계속 글을 쓰고 책을 만들까? 아마도 나는 그러지 못할 것 같아. 인생을 다 살아 본 것처럼 냉소적인 척했지만 어쩌면 나야말로 가장 간절하게 크레딧을 남기고 싶은 걸지도 몰라. 누구보다 목격자가 필요한 걸지도.

삶이 한 편의 영화라면 우리가 만난 사람과 우리가 했던 모든 일은 엔딩 크레딧에 차곡차곡 기록될 거야. 너에게 편지를 쓰는 이 밤도, 우리가 함께 만든 책도. 그리고 너는 아마도 내 크레딧에 이렇게 기록되지 않을까.

목격자가 필요한 순간마다 내 삶에 기웃거려 준 사람

김이슬

이
슬

편지29.

네가 나의 증거

—

『숲의 소실점을 향해』

양안다(민음사, 2020)

이슬

너의 동의를 기억해.

"나는 요즘 횡단보도 앞에 서 있는 사람을 보면 뒤에서 확 밀어 버리고 싶은 충동이 들어. 너는 어때? 너도 이랬던 적이 있어? 아니, 지금 내가 하는 얘길 이해할 수 있어?"

언젠가 내가 이런 마음을 털어놨을 때, 너는 그랬어.

"응. 나도 그래. 가끔은 아무나 죽이고 싶고 그래."

이런 내가 어떻게 보일지, 이상하게 보일지 위험하게 보일지, 잠깐 두려웠는데 그런 걸 깊이 생각할 여력이 내겐 없었어. 누구에게든 뭐라도 말하지 않으면 미칠 것 같았거든.

네가 내 말을 이해하는지 정말 내 이런 마음에 동의하는지 그런 건 알 수 없었지만 무턱대고 안심했어. 못난 걸 넘어 못된 마음까지도 네게는 말할 수 있겠다 싶었어. 그게 너라서 다행이었어.

며칠이 지나 네가 그러더라.

"야. 내가 병원에 물어봤는데 그런 생각이 드는 건 정상이래. 누구든 그런 생각을 할 수 있고, 생각이 생각에서 끝나도록 행동으로 옮기면 안 된다는 사고를 할 수 있는 상태면 괜찮은 거래. 그러니까 우린 괜찮은 거야. 우리는 아직은 괜찮아."

네가 나의 증거

네가 누군가를 죽이고 싶다고 말할 때마다 나는 그 살
의의 수신자가 누구인지 궁금했고, 한번은 너에게 물
어본 적도 있었지만 너는 자신도 누굴 죽이고 싶은 건
지 모르겠다고 대답했다 살의는 그저 살의라며
(…)
나는 나의 마음에 이름을 지어 주고 싶었는데
그것은 와르르 무너져 쏟아지는 진열장의 유리컵이거
나 단거리 경주를 끝마친 심장이거나 바닥에 엎질러진
백색 알약이기도 했고 어느 날에는 감당할 수 없는 폭
설과 맹목적인 살의, 목매단 사람의 발버둥 같은……

    그 시절에 나는 누군가를 해치고 싶단 생각을 자주 했어. 무섭도록 자주 했어. 벽돌로 머리를 내려찍거나 커터칼로 여기저기를 획획 긋는. 대뜸 악을 쓰거나 침을 뱉고 싶기도 했어. 이런 충동들엔 목적이 없었고 다만 그러고 싶은 마음만이. 내가 미쳐 버린 건 아닌지, 이러다 나도 모르는 사이에 무슨 일을 저지르는 건 아닌지, 매일 불안했어. 그러다 도무지 진정되지 않는 날엔 너의 동의를 떠올렸어. 괜찮다는 그 불가능한 말도 네게서 들을 때면 조금은 믿어져서. 그 불가

---
* 「공포의 천 가지 형태」 p.27

이슬

능한 미래가 내게도 조금은, 아니 실은 아주 많이 절실해서.

기억나? 앉을 자리라곤 작은 정사각형 1인용 테이블 한 개가 전부였던 용산역의 어느 브레첼 가게에서. 날은 아직 추운데 마땅히 앉을 곳은 없어서, 방금까지 카페에 있다 나와서 또 커피 한 잔 값을 내고 다른 카페에 들어가기엔 돈이 아까워서, 그 작은 1인용 테이블에 너랑 나 좁게 앉아서 달고 짠 브레첼을 먹었던 날.

그날 네가 그랬어. 솔직히 나는 요즘 그냥 죽어야겠다고 생각해. 어떻게 죽을지만 빨리 정해서 그냥 죽어야겠다고. 그만 살고 싶은 게 아니라 죽고 싶어.

우리는 말장난을 잘하는데. 개떡같이 말해도 찰떡같이 알아들으며 농담으로 종일을 보낼 수도 있는데. 그런데 우리는 알고 있잖아. 너랑 내가 주고받는 농담이 때로는 서로의 슬픔을 웃음거리로 만들며 부푼 절망을 지퍼백 속에 넣고 밀봉해 버린다는 사실을.

(…) *"나는 네가 망가지려는 일을 그만뒀으면 좋겠어."*

친구, 나도 네가 그랬으면 좋겠어

우리 스스로 슬픔을 싼값에 흥정하며
더는 미소를 팔지 않았으면 좋겠어
그러나 나는 알고 있지
네가 망가지는 동안 세상이 멈추지 않고
우리가 계속 웃는 이유를
나는 알고 있어
네가 나의 마음을 이해하듯이
*내가 너의 슬픔을 이해하듯이**

네가 죽고 싶다고 했을 때 나는 조금 놀랐는데 그건 너의 그런 마음을 몰라서도 네가 정말 죽을까 봐서도 아니었어. 내가 짐작한 네 절망의 무게가 실은 내 생각보다 크다는 것. 나는 거기에 놀랐어. 그러면서도 대담한 거야. 응. 알아. 뭔지 알 것 같아.

너의 기분을 살피다가도 나는 금세 내 마음으로 돌아와. 너도 그래? 나도 그런데. 너는 너를 해치려나 봐. 알아. 나도 그래. 제발 아무나 나를 차도로 밀어 주면 좋겠어.

우리는 서로의 무엇을 이해한 걸까. 나는 뭘 안다는 걸까. 잘 모르겠어. 이해라는 말은 이럴 때 쓰는 게 아닌 것 같

* 「나의 아름답고 믿을 수 없는 우연」 p.33

아. 우리는 끝까지 각자의 슬픔만을 이해해. 우리는 각자의
마음으로……

작년 연말엔 낭독회에 다녀왔어. 그건 삼 년 전에 너랑
처음으로 갔던 낭독회, 그러니까 내가 제일 좋아하는 시인의
신간 시집을 기념하는 낭독회였는데 버스와 지하철을 번갈
아 타면서 두 시간은 족히 가야 했어. 평소였으면 분명 다음
에, 했을 거리를 나는 기어이 갔어. 물어보고 싶은 게 있었거
든. 내가 사랑하는 시인한테.

신간은 숲을 닮은 초록색 표지의 시집인데 지금까지 그
가 냈던 시집 중 제일 두꺼워. 서너 장을 넘어가는 긴 시들이
연달아 등장해 마음을 어지럽히고 전 시집들과 같이 그러나
더 본격적으로 죽음을 연상하게 해서 읽는 내내 몸에 힘이
들어가. 그리고 마침내 시집의 마지막 장을 덮으면 진심으로
그를 걱정하게 돼. 이 사람, 자기를 해치려나 봐.

그래서 나는 묻고 싶었어. 당신은 죽을 건가요? 당신도
죽고 싶나요, 우리처럼?

낭독회 전날, 나는 이 시집을 다시 읽었어. 삼 년 만에 보

네가 나의 증거

는 가장 좋아하는 시인의 마음과 최대한 가까워지고 싶었거든. 그런데 이상한 일이 벌어진 거야. 마지막 장을 덮고서도 그가 걱정되지 않았으니까. 캄캄한 밤이었고 무섭도록 조용했고 마음엔 시가 그대로 고여 있었는데 더는 그가 죽을까 봐 불안하지 않았어. 오히려 확신했어. 이 사람, 절대 안 죽으려나 봐. 끝까지 살 건가 봐. 나는 그날, 처음으로 기뻐서 울었어. 지금껏 그의 시를 읽으며 받았던 어떠한 위로보다도 깊은 위로고 응원이었어.

그러니까 나는 직접 묻지 않고서는 안 됐어. 실은 자랑하고 싶었던 건지 모르지만, 꼭 알려 주고 싶었어. 당신은 무지 살고 싶은 게 아니냐고. 정말 잘 살고 싶은 거 아니냐고.

그래서 낭독회가 끝나고 편하게 질문할 수 있는 시간에 처음으로 손을 든 거야.

안녕하세요, 시인님. 이상하게 들리실지 모르지만 저는 이 시집을 처음 읽었을 때 이 사람 죽으면 어쩌지? 하고 생각했는데요. 최근에 이 시집을 다시 읽었을 때는 어, 이 사람 안 죽겠다, 이 사람 절대 안 죽겠다, 하는 생각이 들었어요. 그리고 그게 저에게는 엄청난 위로가 되었어요. 그래서 궁금해요. 시인님은 본인이 죽을 수 있는 사람이라고 생각하시나

이슬

요? 당신은 죽고 싶은 사람인가요?

그날, 집으로 돌아가는 버스 안에서 내가 너한테 그랬어.

"다정아. 안다는 안 죽을 거래. 죽고 싶은 기분과 안 죽겠단 마음이 충돌할 때도 절대 죽지 않을 거래. 가능하면 영원히 살고 싶대. 아주 오래 살고 싶대."

> 손톱으로 서로의 손등을 꾹 눌러서 자국 남기자
> 모래 위에 그리는 건 우리가 사랑하는 세계
> 한 칸이 아니라
> 무작위로 달릴 수 있는 세계
> (…)
> 너와 낮과 밤이 구분되지 않는 골목에서, 무슨 일이 벌어질지도 모르고, 하지만 너는
>
> 미래를 알고 있다는 듯이
>
> 걷자고
> 계속 걷자고 재촉한다[*]

---

[*] 「폰의 세계」 p.17

칠 년 전, 너의 세계와 나의 세계가 충돌했을 때. 하나의 세계가 다른 하나의 세계로 흡수되지 않고 서로의 축축하지만 빛나는 고유한 세계를 지켜 냈단 게 요즘 들어 부쩍 다행스럽게 느껴져. 구속되지 않고 분리되지 않으면서도 사라지지 않는* 하나의 점만을 공유한 채 우리의 세계를 확장했단 게.

죽을 것 같은 기분 앞에서도 괜찮다고 말해 줘서 고마워. 이제는 내가 말할 차례지. 이미 알 것 같은 미래 앞에서도 떠드는 걸 멈추지 않을게.

어쩌자고 우리는 편지란 걸 시작했을까. 시작한 편지는 어떻게 끝내야 할까. 열 통이 넘는 편지를 쓰고서도 나는 모르겠어. 여전히 모르겠고 다만 내게는 써야 하는 답장이 늘 한 통 있었는데.

네가 내게 처음 말을 걸었던 밤, 나와는 다른 세계에 있다는 모르는 동갑내기 여자애에게서 온 긴 메시지가 우리 편지의 첫 시작이었어. 그리고 이제는 내 차례지.

이제 나는 너를 이해하려 하지 않는다 이제 너는 나를 이해하려 하지 않는다 더는 그것이 불편하지 않아서

———
* 「두 명의 사람이 마주 보자 두 개의 꿈」 p.150

(…)

뒤를 돌아보지 않는 건 우리의 마지막 규칙이었다 분
*명 환한 빛일 것이다**

　다정아. 네가 나의 증거가 되어 줘. 거의 모든 시간에 대한.

　빛을 등지고 빛 속으로 걸어가자. 내가 아는 우리의 미래
는 바로 그런 거야.

---

* 「양들과 날 보러 와요」 p.174

마지막이라는 거짓말

—

『해가 지는 곳으로』

최진영(민음사, 2017)

고백할 게 있어.

나는 아직도 가끔 우리의 끝을 생각해.

누구나 아는 그런 과정 있잖아. 꼭 연인 사이가 아니더라도 사람과 사람이 만나고 헤어지며 수없이 반복하는 일들. 어색한 첫 만남, 서로에게 다가가기 위해 눈에 불을 켜고 공통점을 찾는 시간, 이런저런 사건들을 함께 겪으며 돈독해지는 관계. 우린 정말 운명인가 봐! 깊어지는 마음. 그렇게 한 시절이 지나고 나면……

말할 수 없거나 말하지 못하는 이야기가 차곡차곡 쌓이고, 그런 것들은 말해도 이해하지 못하는 일이 되고. 이제 더는 함께 그릴 미래가 없어 자꾸 과거만 돌아보다가 서서히 멀어지겠지. 그러다 결국 일 년에 한두 번쯤 명절 인사를 주고받는 사이가 되는 거야. 카카오톡 프로필 사진으로 서로의 안부를 확인하면서.

지나랑 건지랑 있을 때가 좋았던 거지?

그런 사람들과 그렇게 지낼 수도 있다는 걸 알았으니까.

좋은 건 영원하지 않아.

알아.

......

그냥 난 알아 버린 거야.

좋은 걸?

좋았다가 없어지면 외로워진다는 걸.

_p.121~122

이슬아, 너는 세상에 영원한 게 있다고 믿어?

나는 있다고 믿어. 영원한 건 있어. 있었고, 있고, 앞으로도 있을 거야. 다만 그게 인간의 영역은 아니라고 생각해. 내가 믿는 영원은 이런 것들이야. 바다, 우주, 탄소, 공룡 화석, 바퀴벌레, 곰팡이, 박테리아. 물론 그것들도 내가 상상할 수 있는 영원보다 더 긴 시간이 지나고 나면 흔적도 없이 사라질지도 모르지. 미래보다 먼 미래에는 지구라는 행성이 존재하지 않을지도 모르니까. 그런데 어떻게 고작 이 우정이 영원할 거라고 믿을 수 있겠어.

이렇게 말하면 너는 뭐라고 할까. 그래도 우리는 영원할 거라고 말해 줄까, 아직도 그런 생각을 하냐고 서운해할까, 그래 그럴지도 모르겠다며 고개를 끄덕일까. 아니, 넌 그냥 웃을 거야. 그럴 줄 알았다는 듯이. 그리고 이렇게 말하겠지.

"너는 참 너다. 다정아, 너는 참 너야."

지난주에는 처음으로 너희 집에 갔었잖아. 여기서 거기는 정말이지 세상의 끝처럼 멀더라. 짧은 만남을 끝내고 돌아오는 길, 수원역에서 무궁화호를 기다리다가 화물 열차를 봤어. "이번 열차는 우리 역을 통과하는 열차입니다. 손님 여러분께서는 한 걸음 물러서 주시기 바랍니다." 안내 방송이 나오고, 곧 엄청나게 긴 열차가 굉음과 함께 지나갔어. 너무 빠르고 너무 시끄러워서 몸이 저절로 움츠러들었어. 끝도 없이 이어지는 열차를 신기한 듯 바라보는 꼬마를 엄마가 안쪽으로 끌어당겼어. 이미 선로에서 충분히 떨어져 있었는데도. 그 순간 내가 어떤 생각을 했는지 알아? 달리는 열차에 뛰어드는 상상, 누군가 나를 선로 쪽으로 힘껏 떠미는 상상.

그런 적 없어? 카페에서 음료를 받아서 자리로 돌아올 때, 펄펄 끓는 찌개를 식탁으로 옮길 때. 머릿속에서 그걸 와장창 쏟는 장면이 자동으로 재생된 적. 나는 자주 그러거든. 양파를 썰 때면 실수로 손가락을 자르는 상상을 하고, 빙판길을 걸을 때면 뒤로 미끄러져 꼬리뼈가 부러지는 상상을 해. 거의 반사적으로. 그럴 때마다 궁금했어. 나는 누구보다 나를 아끼는 사람인데. 넘칠 정도로 조심성 많은 사람인데.

혹시 내 무의식 속에 나를 망가뜨리고 싶은 욕망이 있는 걸까? 나는 내가 아프거나 다치거나 죽기를 바라는 걸까?

그런데 사실 그건 건강한 반응이래. 부주의하게 행동했을 경우에 일어날 수 있는 사고를 머릿속으로 보여 줘서 경계를 늦추지 않게 만드는 거지. 아프지 않도록, 다치거나 죽지 않도록. 인간의 뇌는 우리가 생각하는 것보다 치밀해서 스스로를 지키기 위해 그런 안전장치를 만들곤 한대.

그러니까 이슬아, 이 우정의 끝을 상상하는 일도 내게는 그런 거야.

도리는 내 말을 듣지 않고 나도 도리 말을 듣지 않았다. 립스틱을 꼭 쥐고 모로 누워 도리를 바라봤다. 도리가 내게 그것을 주어서 내가 그것을 얼마나 원하고 있었는지 알게 되었다. 황량하게 얼어붙은 대지 위에서, 끝도 없는 길 위에서, 불행과 절망에 지친 사람들 틈에서 나는 바로 그런 것을 원하고 있었다. 먹을 수도 입을 수도 없지만 나를 좀 더 나답게 만드는 것. 모두가 한심하다고 혀를 내두르지만 내겐 꼭 필요한 농담과 웃음 같은 것.

_p.42~43

너를 만나기 전까지 나는 내가 이런 우정을 원하고 있었다는 것도 몰랐어. 너도 알다시피 나는 혼자서도 너무 괜찮은 사람이잖아. 누군가와 함께일 때보다 오히려 혼자일 때 뭐든 잘하는 사람이잖아. 그래서 단 한 번도 이런 관계를 생각해 본 적 없었어. 정말로 그랬는데.

네가 *내게 그것을 주어서 내가 그것을 얼마나 원하고 있었는지 알게 된 거야.* 함께라는 게 어떤 건지, 우리라는 말이 어떤 용기가 되는지, 이런 형태의 사랑이 내게 얼마나 필요했는지. 그게 너무 소중해서 자꾸만 우리의 마지막을 상상하게 돼. 너를 잃는 상상을 하며 나는 내게 경고해. 무슨 일이 있어도 이 우정을 잃지 말라고.

우리는 앞으로 몇 통의 편지를 더 주고받게 될까? 거기에는 또 어떤 말들이 쓰일까? 아직은 아무것도 알 수 없고, 나는 마지막이라는 거짓말을 반복하며 네게 보낼 편지를 써. 사랑과 우정과 미래의 편지를.

이 우정이 영원할 거라고 약속할 수 있어? 내가 물으면,
그러면 네가 꼭 이렇게 대답할 것만 같아.

우린 그런 게 필요 없지. 우린 약속하지 않아도 되는
사이니까. 언니는 정말 멍청해.

_p.123

맞아, 나는 정말 멍청해!

작가의 말1.
시동을 걸며

멀미하는 사람도 운전 중에는 멀미를 안 할 수 있어.

　이는 잘 이해되지 않는 문장이었지만 거의 모든 교통수단에서 심하게 멀미를 하는 내겐 희소식이나 다름없었다. 여태 면허를 따지 않은 것에는 지독한 멀미도 한몫했기 때문이었다.

　어떻게 그럴 수 있어? 집중해서 그런가? 묻는 내게 상대방은 답했다.

　"운전자는 자신의 진행 방향을 알기 때문이야. 어디로 갈지를 아니까 몸이 미리 준비를 하는 거지. 간혹 운전 중에도 멀미를 할 때가 있는데 그땐 창문을 조금 내리면 돼."

멀미는 감각기관 사이의 괴리에서 발생한다. 눈으로 들어오는 시각적 자극과 몸으로 느껴지는 감각 사이에서 괴리가 발생할 때 우리의 뇌는 혼란에 빠지기 때문이다.

멀미가 정말 혼란으로부터 오는 것이라면 거의 모든 것에 멀미를 느끼는 나는 혼란을 잘하는 걸지 모른다. 다시 말해 혼란에 특화된 사람.

버스에서, 지하철에서, 택시에서, 비행기에서, 배에서, 기차에서, 승용차에서, 엘리베이터에서, 롤러코스터에서, 그네에서, 시소에서, 잦은 멀미를 느끼는 나는 심지어 길을 걷다가도 멀미를 느끼는데 어쩌면 당연한 소리다.

나는 나를 타고 다니므로. 내리고 싶어도 내릴 수 없는 유일한 교통수단이므로.

횡단보도 앞에서 제일 밀어 버리고 싶은 사람은 나였다. 가능하면 덤프트럭이나 대형 버스가 빠른 속도로 달려올 때, 최적의 타이밍에 날 차도 쪽으로 밀고만 싶었다. 교통사고가 크게 난다면 나에게서 내려올 수 있을지 모르니까. 그럴 수만 있다면 폐차를 해도 좋을 텐데, 다시는 영원히 탈 수 없어도 좋을 텐데. 나는 나에게서 이만 내리고 싶은데. 그러나 어디를 향하는지 모를 마음을 마음대로 조종하긴 불가능했다. 다만 누군가를 계속해서 미워하는 세계로 내가 나를 운반하고 있단 생각을 떨칠 수 없었다.

얕은 편두통을 달고 지내듯 얕은 멀미를 달고 지낸 지 오래다. 그때마다 내가 할 수 있는 건 창문을 열듯 책을 펼치는 것뿐인데 그때의 읽기는 독서라기보단 환기에 가깝다. 어느 날은 바람이 많고 어느 날은 바람 한 점 없고 또 어느 날은 숨이 턱 막히는 날씨에 창문을 여는 것이 열지 않는 것보다 못한데 그럴 땐 미련 없이 문을 꼭 닫고 에어컨의 제습 버튼을 누른다. 읽지 않고도 마음이 보송해지는 것이 이상해서 마구 웃는다.

그러나 이번 책을 엮는 동안 나는 내내 운전대 위에 손을 올린 채였다. 시동을 걸었는지, 브레이크에서 발을 뗐는지, 깜빡이는 넣었는지, 비상등은 켰는지, 그런 건 기억나지 않아도 핸들의 끈적한 감각만은 손바닥에 여전한 것이다. 그러면서도 남들에게는 다 듣는 마취제가 내게는 잘 듣지 않을 거라 믿는 이상한 마음이 계속되었다. 어디로 갈지를 알아서, 어디에 도착할지 너무 잘 알아서 다치는 마음들은 어떻게 하나. 나를 어쩌면 좋나.

혼란과 늘 함께일 거란 확신이 든다. 혼란에 특화된 사람의 운명처럼 반드시 그럴 것이다. 하지만 어쩌면 가능할지 모른다. 누군가를 미워하고 싶을 때마다 아끼는 책을 펼쳐 뺨을 비비고, 좋아하는 문장과 사랑할 수밖에 없는 문장에 관해 끊임없이 떠들며 다음 세계로 건너가는 일.

그러니까, 가능할지 모른다. 누군가를 사랑하는 방식으로 시동을 거는 그런 일들이.

김이슬

작가의 말2.
또 하나의 기적을 기다리며

한 달 전, 마지막 편지를 쓰던 날이 떠오릅니다. 서른 번의 편지 교환 프로젝트를 마무리하는 날이었지요. 자정 무렵이 되어서야 완성한 편지를 이슬에게 보내고 홀가분한 마음으로 침대에 누웠습니다. 몸은 피곤한데 정신은 말짱해서 눈을 감아도 잠이 오지 않는 밤이었어요. 딱히 할 것도 없으면서 괜히 핸드폰만 만지작거리다가 몇 년 만에 인스타그램 프로필 사진을 바꿨습니다. 여덟 달 동안 이어졌던 원고 작업을 무사히 끝낸 걸 자축하는 저만의 조촐한 기념 의식이었죠.

바닥에 납작 엎드린 자세로 사냥감을 노리고 있는 용맹하고 귀여운 고양잇과 동물. 제 프로필 사진의 주인공은 검은발살쾡이라는 친구입니다. 아프리카 남부 지역의 건조한 초원과 반사막 지대에 주로 서식하는 이 친구들은 다양한 별명을 가지고 있습니다. 다 자라도 2킬로그램을 넘지 않는 작은 체구 때문에 '세상에서 가장 작은 고양이'라고 불리고요, 인형처럼 사랑스러운 겉모습과 다르게 살벌한 사냥 실력을 자랑해서 '맹수계의 마지노선'이라고 불리기도 합니다. 동그란 눈과 까만 발바닥이 심하게 귀여워서 '심장에 해로운 동물'이라고 부르는 사람들도 있지요. 네, 뭐가 됐든 귀엽다는 소리입니다.

검은발살쾡이는 새끼를 키우는 암컷을 제외하고는 단독으로 생활합니다. 경계심이 극도로 강하고 사회성이 없어서 무리를 이루지 못하거든요. 혼자 자고, 혼자 놀고, 혼자 사냥하고, 혼자 아프고. 다른 개체와 도움을 주고받는 일 없이 그렇게 평생을 홀로 살아갑니다. 저는 이 친구들의 깜찍한 외모보다 독불장군처럼 괴팍한 성격에 마음을 빼앗겼습니다. 꼭 과거의 저를 보는 것 같았거든요.

저는 혼자가 익숙하고 편한 사람이었습니다. 혼자서도 뭐든 잘했고, 혼자라도 아쉬울 게 없었죠. 우리, 함께, 같이. 그런 말들은 제게 비효율을 의미했습니다. 사공이 많아지면 배는 산으로 가니까요. 오는 사람 가로막고 가는 사람 등 떠밀며 살면서도 외로움을 몰랐습니다. 그걸 자랑처럼 여기던 시절이 있었습니다.

깨어 있는 시간의 대부분을 어딘가에 혼자 숨어서 보내는 검은발살쾡이 같았던 저는 이슬을 만난 뒤 점점 집고양이처럼 변해 갔습니다. 이렇게 말하려니 조금 자존심이 상하는데요, 제가 생각해도 그 과정을 표현하기 가장 적당한 단어는 길들임인 것 같아요. 이슬은 제게 '우리'라는 것을 가르치는 일에 성공한 거의 유일한 사람입니다.

이 우정이 너무나도 특별하고 소중해서, 아무리 익숙해져도 좀처럼 당연해지지는 않아서 언젠가 한번은 우리에 대해 본격적으로 떠들어 보고 싶었습니다. 막상 이렇게 긴 이야기를 늘어놓고 나니 '이거 우리만 재밌으면 어쩌지?' 뒤늦게 덜컥 겁이 납니다. 하지만 제가 이슬을 만났듯 이 책 역시 어딘가에 꼭꼭 숨어 있는 친구를 만나 기적 같은 우정을 나눌 수 있지 않을까, 몰래 기대해 봅니다. 어느새 저는 기적을 믿는 사람이 되어 버렸거든요.

활짝 열어 두었던 우리 세계의 문을 닫습니다.

필요하다면 언제든 노크해 주세요.

하현

우리 세계의 모든 말

초판 1쇄 발행 2021년 6월 21일
2쇄 발행 2022년 5월 6일

지은이 김이슬, 하현
펴낸이 이광재

책임편집 김난아
디자인 이창주
마케팅 정가현   **영업** 노시영, 허남

펴낸곳 카멜북스 **출판등록** 제311-2012-000068호
주소 서울특별시 마포구 양화로12길 26 지월드빌딩 (서교동 395-7) 3층
전화 02-3144-7113 **팩스** 02-6442-8610 **이메일** camelbook@naver.com
홈페이지 www.camelbooks.co.kr **페이스북** www.facebook.com/camelbooks
인스타그램 www.instagram.com/camelbook

ISBN 978-89-98599-83-6 (03810)